無敵英語1500

Useful English Sentence

生活會話

張瑜凌/編著

史上超強實用英文會話文庫！

讓您的英文口語能力突飛猛進！

Phonics 自然發音規則對照表

看得懂英文字卻不會念？還是看不懂也不會念？沒關係，跟著此自然發音規則對照表，看字讀音、聽音拼字，另附中文輔助，你就能念出7成左右常用的英文字喔！

自然發音規則，主要分為子音、母音、結合子音與結合母音這四大組。

◎第1組—子音規則

【b】貝 -bag 袋子	【c】克 -car 車子	【d】的 -door 門
【f】夫 -fat 肥胖的	【g】個 -gift 禮物	【h】賀 -house 房子
【j】這 -joke 笑話	【k】克 -key 鑰匙	【l】樂 -light 燈光
【m】麼 -man 男人 (母音前)	【m】嗯 -ham 火腿 (母音後，閉嘴)	【n】呢 -nice 好的 (母音前，張嘴)
【n】嗯 -can 可以 (母音後)	【p】配 -park 公園	【qu】擴- quiet 安靜
【r】若 -red 紅色	【s】思 -start 開始	【t】特 -test 測驗
【v】富 -voice 聲音	【w】握 -water 水	【x】克思 -x-ray x光
【y】意 -yes 是的	【z】日 -zoo 動物園	

◎第2組—母音規則

短母音		
【a】欸(嘴大) -ask 詢問	【e】欸(嘴小) -egg 蛋	【i】意 -inside 裡面
【o】啊 -hot 熱的	【u】餓 -up 向上	
長母音		
【a】欸意 -aid 幫助	【e】意 -eat 吃	【i】愛 -lion 獅子
【o】歐 -old 老的	【u】物 -you 你	

◎第3組—結合子音規則

【ch】去 -chair 椅子	【sh】噓 -share 分享	【gh】個 -ghost 鬼
【ph】夫 -phone 電話	【wh】或 -what 什麼	【rh】若 -rhino 犀牛
【th】思 -thin 瘦的 (伸出舌頭，無聲)	【th】日 -that 那個 (伸出舌頭，有聲)	【bl】貝樂 -black 黑的
【cl】克樂 -class 班級	【fl】夫樂 -flower 花朵	【gl】個樂 -glass 玻璃
【pl】配樂 -play 玩耍	【sl】思樂 -slow 慢的	【br】貝兒 -break 打破
【cr】擴兒 -cross 橫越	【dr】桌兒 -dream 夢	【fr】佛兒 -free 自由的
【gr】過兒 -great 優秀的	【pr】配兒 -pray 祈禱	【tr】綽兒 -train 火車
【wr】若 -write 寫字	【kn】呢 -know 知道	【mb】嗯(閉嘴) -comb 梳子
【ng】嗯(張嘴) -sing 唱歌	【tch】去 -catch 捉住	【sk】思個 -skin 皮膚
【sm】思麼 -smart 聰明	【sn】思呢 -snow 雪	【st】思的 -stop 停止
【sp】思貝 -speak 說話	【sw】思握 -sweater 毛衣	

◎第4組─結合母音規則

【ai】欸意 -rain 雨水	【ay】欸意 -way 方式	【aw】歐 -saw 鋸子
【au】歐 -sauce 醬汁	【ea】意 -seat 座位	【ee】意 -see 看見
【ei】欸意 -eight 八	【ey】欸意 -they 他們	【ew】物 -new 新的
【ie】意 -piece 一片	【oa】歐 -boat 船	【oi】喔意 -oil 油
【oo】物 -food 食物	【ou】澳 -outside 外面	【ow】歐 -grow 成長
【oy】喔意 -boy 男孩	【ue】物 -glue 膠水	【ui】物 -fruit 水果
【a_e】欸意 -game 遊戲	【e_e】意 -delete 刪除	【i_e】愛 -side 邊、面
【o_e】歐 -hope 希望	【u_e】物 -use 使用	【ci】思 -circle 圓圈
【ce】思 -center 中心	【cy】思 -cycle 循環	【gi】句 -giant 巨人
【ge】句 -gentle 溫和的	【gy】句 -gym 體育館	【ar】啊兒 -far 遠的
【er】兒 -enter 輸入	【ir】兒 -bird 小鳥	【or】歐兒 -order 順序
【ur】兒 -burn 燃燒	【igh】愛 -high 高的	【ind】愛嗯的 -find 找到

※小試身手：

現在你可以運用上述自然發音的規則，試念以下這些句子：

★ Anything wrong?

★ It's time for bed.

★ Let's go for a ride.

★ May I use the phone?

★ Nice to meet you.

★ That sounds good.

★ I feel thirsty.

★ Turn off the light, please.

★ May I leave now?

★ Here you are.

【前言】

史上超強！！實用英文會話文庫！

當你面對要開口說英文的情境時，是不是老是覺得自己開不了口？

明明就已經學了很多年的英語，面對這種需要開口說英文的場合時，卻總是吐不出英文，最後說得最流利的，就只有 Hello 和 Bye-bye 嗎？

台灣已經與國際接軌了，不論是工作或一般生活的場合中，很容易就有要說一兩句英文的機會，但是國人卻常常遇到要說英文時，因為害怕或不好意思，往往不給自己開口說英文的機會，就直接快速離開得說英文的現場！其實只要一兩句英文，就足以表達你的想法，欠缺的只是國人不知道該說哪一句。

本書「無敵英語 1500 句生活會話」匯集了超過了上千句的英文會話例句，足以應付大多數的英文情境，許多句子是正式場合或非正式場合均適用的，每一個句子都可以單獨使用或是合併使用。

學習英文會話無須背誦繁瑣的文法，也無須過多冗長的句子，但要知道使用的時機及使用重點，本書也針對每一個例子作深入分析的解釋，幫助您在記憶例句的過程中，能夠提高學習效率。此外，部分例句還有類似用法的例句，讓您可以同時背誦記憶。

為了提升您的英文會話實力，本書附贈學習 MP3 光碟，透過外籍教師的實境導讀，您可以逐句跟讀練習，加強說英文時的腔調及會話的口語速度。

一句簡單的英文會話例句，就能解決您開口說英文的困擾，您只需要每天不斷反覆練習、大聲開口說，您就可以隨時隨地開口說英文！

1

A deal is a deal.

就這麼說定了！

深入分析

deal是指「交易」的意思，也就是已達成交易或共識，不可以反悔的意思。

類似用法

▶ It's a deal.
就這麼說定了！

同義用法

▶ Deal!
就這麼說定了！

A little bit.

是有一點！

深入分析

表示情況「稍微」的意思。

Absolutely not.

絕對不可以！

深入分析

適用在回答的情境，有強調否定、拒絕的語氣。是Absolutely.的否定用法。

Absolutely!

絕對是的！

深入分析

適用在回答的情境，有強調肯定、接受、認同的語氣。是上一句 Absolutely not. 的肯定用法。

同義用法

▶ Certainly.

當然啊！

Admit it.

承認吧！

深入分析

祈使句，勸對方承認某事，通常是在對方不願意面對、承認的情境。

After you.

您先請。

深入分析

禮貌用句，請對方先行通過的意思，通常是聽到對方說you first時的回應，適用在進出電梯等情境。

1

Again?

又一次了？

深入分析

表示同樣的事情不斷的發生，帶有無奈的語意。

All right.

還不錯！還可以！

深入分析

適用在面對關心時，表達過得不錯、順利之意。

Allow me to introduce Ivy.

請允許我來介紹艾維。

深入分析

正式語句，介紹某人(Ivy)給其他人認識時使用。

Allow me to introduce you to David.

請允許我把你介紹給大衛。

深入分析

將對話方介紹給某特定人物（大衛）認識。

And you?

你呢？

深入分析

反問語句，問對話方相同問題時使用。

同義用法

► How about you?

那你呢？

Any discount?

有沒有折扣？

深入分析

購物時，在議價的情境中使用。

Anyone else?

有沒有其他？

深入分析

詢問對話方是否還有其他相關的選擇。anyone 可以表示任何的人事物。

2

Any problem?

有沒有問題？有沒有困難？

深入分析

詢問是否有異樣、是否需要協助、有沒有任何問題等。

衍生用法

▶ Any questions?
有沒有問題？

Anything wrong?

怎麼啦？

深入分析

發覺異樣，進而關心對方發生何事的意思。

Anything doing?

有什麼活動嗎？

深入分析

詢問是否有安排任何計畫的意思。

衍生用法

▶ Anything doing on the weekend?
週末有沒有事？

Anything else?

還有其他事嗎？

深入分析

追問對話方是否還有要補充說明。

Anything to drink?

想喝點飲料嗎？

深入分析

詢問對方是否想喝飲料。

Anything you say.

就照你說的！

深入分析

表示自己沒有意見，就依對話方的解讀或安排。

Are you coming alone?

你要自己一個人過來嗎？

深入分析

確認對方是否獨自一人出席的意思。

2

Are you dating?

你們兩人在交往嗎？

深入分析

詢問對方是否是戀愛進行式的意思。

Are you done?

你說完了嗎？

深入分析

無奈的質問，以確定對方是否還有話要說。

Are you going somewhere?

你有要去什麼地方嗎？

深入分析

確認對方是要出發到何處的意思。

Are you going to be busy this evening?

你今晚會忙嗎？

深入分析

詢問對方今晚是否有事、會不會很忙的意思。

Are you joking?

你在開玩笑吧？

深入分析

想確認對方的態度到底是開玩笑或是認真的。

Are you on the net again?

你又在上網了？

深入分析

表示對方一整天一直都在上網的意思。

Are you ready to order now?

你現在準備要點餐了嗎？

深入分析

通常是餐廳侍者問顧客是否要點餐的禮貌問句。

Are you seeing someone?

你是不是有交往的對象了？

深入分析

因為不確定而詢問對話方是否有交往的對象。

3

Are you serious?

你是認真的嗎？

深入分析

針對對方的言行，和對話方確認是否是認真的態度。

Are you sure?

你確定？

深入分析

針對對方的言行，與對話方確認是否百分百無誤。

Aren't you feeling well?

你感覺不舒服嗎？

深入分析

關心對方是否身體微恙的意思。

As soon as possible.

越快越好！

深入分析

表示時間緊急，希望能盡快達成某事的意思。

As you wish.

悉聽尊便。

深入分析

表示尊重對方的期望，任憑對方自行處理的意思。

Ask someone else.

去要求別人吧！

深入分析

表示自己不願意提供意見或幫助，勸對方找其他人。

Attention, please.

請注意！

深入分析

要求大眾仔細聽聽自己接下來所要說的話。

Be my guest.

我請客。

深入分析

表明這次由自己請客做東，guest是指「客人」，指「當我的客人由我請客」的意思。

3

Be patient.

要有耐心。

深入分析

祈使句，要對方多點耐心的意思。

Be quiet.

安靜點！

深入分析

祈使句，禮貌用法，希望對方能夠安靜下來。

Be your age.

別孩子氣了1

深入分析

祈使句，勸對方行為不要像個孩子般幼稚。

Behave yourself!

規矩點！

深入分析

勸對方行為舉止都應該守規矩，通常是在對方行為失控的情境下使用。

Believe it or not.

隨你相不相信！

深入分析

對方對你有存疑，你就可以說Believe it or not.表示要不要相信隨便對方的意思。

Believe me!

相信我！

深入分析

懇求對方要相信你的意思。

Bill, please.

請結帳。

深入分析

bill是帳單的意思，通常適用在餐廳裡顧客請侍者結帳的意思。

Bitch.

臭婊子！

深入分析

咒罵女性的不雅用語，是非常粗俗的用法。

4

Boy!

天啊！

深入分析

當發生令人錯愕、不敢相信的事時，就可以吃驚地說Boy!

But what will others think?

但是其他人會怎麼想？

深入分析

others在這裡是指「其他人」的意思。

Bye-bye.

再見！

深入分析

再普通不過的再見用語了！

Call me sometime.

偶爾打個電話給我吧！

深入分析

sometime是指未來的某個時間點，表示要保持連絡的意思。

Call me when you arrive in Taiwan.

到台灣時打個電話給我吧！

深入分析

要求對方到達某地後，要電話通知的意思。

Calm down.

冷靜下來。

深入分析

當對方失去理智時，就可以勸對方冷靜一點。

Can I ask a favor?

我可以要求（你的）幫忙嗎？

深入分析

禮貌性用法，favor是指「協助」的意思。

Can I get a taxi for you?

需要我幫你叫輛計程車嗎？

深入分析

get something for someone是指「為某人做某事」，這裡的get是「電話叫車」的意思。

4

Can I get some directions?

我能（向你）問一下路嗎？

深入分析

directions是指方向，字面是得到方向，也就是問路的意思。

Can I get you alone?

我能不能跟你單獨相處一會？

深入分析

get you alone字面意思是「獨自得到你」，也就是要求「私底下獨處」的意思。

Can I give you a lift to school?

需要我讓你搭便車去上學嗎？

深入分析

lift是搭便車，give someone a lift是表示給某人搭便車的常用片語。

Can I talk to you for a minute?

我能和你談一談嗎？

深入分析

talk to someone是指和某人說話。

類似用法

▶ Can I talk with you?
我可以和你聊一聊嗎？

Can you break a twenty-dollar bill?

你能找得開廿元的鈔票嗎？

深入分析

break是打破的意思，用在金錢上就是找開整鈔、找零的意思。

Can you come downstairs for a minute?

你可以下樓來一下嗎？

深入分析

come downstairs表示從樓上下來的意思。

4

Can you direct me to the police office?

你能告訴我去警察局的路怎麼走嗎？

深入分析

direct表示「指引方向」的意思。

Can you do the dishes?

你可以洗碗嗎？

深入分析

do the dishes是常用片語，表示「洗碗盤」，dishes是盤子，要用複數用法。

Can you hold?

你可以等嗎？

深入分析

電話用語，問對方是否願意拿著(hold)話筒稍等片刻不要掛斷的意思。

Can you make it?

你做得到？

深入分析

質疑對方是否有能力辦得到。

Can't you do anything right?

你真是成事不足，敗事有餘！

深入分析

表示對方沒有一件事做對（do things right）的意思。

Cheer up.

別這樣，高興點！

深入分析

鼓勵對方、用陽光的心態來面對問題。

Chris, this is David.

克里斯，這位是大衛。

深入分析

介紹雙方認識的用語。一定要用 this 來介紹後面要被介紹的人名。

類似用法

▶ David, this is Tracy. Tracy, this is David, my roommate.
大衛，這是崔西。崔西，這是我的室友大衛。

5

Coffee, please.

請來點咖啡。

深入分析

全文的說法是I'd like to order coffee, please.

Come again?

我沒聽懂，你說什麼？

深入分析

不是「再過來」的意思，而是表示自己沒聽清楚或沒聽懂，要對方再說一次。

Come on!

少來了！

深入分析

有一點要對話方不要開玩笑、正經點的意思。

Come to visit me when you have free time.

你有空閒的時候，來找我吧！

深入分析

free time表示空閒的時候。

Congratulations!

恭禧！

深入分析

恭喜的常用語句，不可以只說congratulation，一定要用在字尾加s的複數形式。

Cool!

真是酷啊！

深入分析

字面的意思雖是「冷」，但和中文的「酷」的意思一樣。

Could anybody give me an idea for it?

有沒有人能給我建議？

深入分析

針對某事（for it）提出需要意見的意思。give someone an idea是給某人意見。

5

Could be worse.

事情可能會更糟！

深入分析

worse是bad的比較級用法，表示更慘、更糟糕的意思。

Could I take a message?

我能幫你留言嗎？

深入分析

主動要求要幫來電者寫下留言給受話方。

類似用法

▶ Could you leave a message?
你需要留言嗎？

類似用法

▶ Would you care to leave a message?
你要留言嗎？

Could I talk to David or John?

我可以找大衛或是約翰講電話嗎？

深入分析

去電要和David或John兩人中的任一方通話。

Could you call an ambulance?

你可以叫救護車嗎？

深入分析

打電話給救護車就是「打電話叫救護車來救命」的意思。

衍生用法

▶ Do you want me to call an ambulance?
需要我叫救護車嗎？

Could you give me a hand?

你能幫我一個忙嗎？

深入分析

字面「給某人一隻手」，也就是「提供幫助」的意思。

類似用法

▶ Give me hand, please.
請幫我一下！

類似用法

▶ Would you give me a hand?
可以幫我的忙嗎？

6

Could you pass me the salt?

把鹽遞給我好嗎？

深入分析

pass是「交遞」的意思。

Could you show me the way to the park?

請問到公園怎麼走？

深入分析

show someone the way to＋地方，表示指示給某人看到某地的方向的意思。

Could you tell me the time?

你能告訴我幾點鐘了嗎？

深入分析

tell someone the time就是請對方告知某人時間的意思。

Couldn't be better.

再好不過了！

深入分析

字面意思「不能再更好」，也就是現在已經非常好。

Count me in.

把我算進去。

深入分析

也就是願意加入某個大家約定參加的活動的意思。

Cut it out.

省省吧！

深入分析

表示「不用費力」、「不必麻煩」的意思。

Definitely!

肯定是！

深入分析

表示「確定」、「肯定是」的回答用語。

6

Did I say something wrong?

我有說錯話了嗎？

深入分析

表示不確定自己是否有說錯話之意。

Did I step on you?

我是不是踩到你了？

深入分析

不小心踩到對方的時候使用。

Did you break up?

你們分手了？

深入分析

break up是戀人分手的片語。

類似用法

▶I'm breaking up with David.
我和大衛分手了！

Did you find something you like?

你有找到喜歡的嗎？

深入分析

通常是賣方問買方的用語。

Did you have a fight?

你們吵架了嗎？

深入分析

have a fight是指吵架的意思，但有時也可以表示打架之意。

Did you talk with her about it?

你有和她討論過這件事嗎？

深入分析

talk about it是討論某事的意思。

7

Do I make myself clear?

我說的夠清楚了嗎？

深入分析

make myself clear表示「我有清楚的表達」的意思。

Do me a favor, please.

請幫我一個忙。

深入分析

do someone a favor是指「幫某人忙」的意思。

衍生用法

▶ Do me a favor and close the window, please.
請幫我個忙把窗戶關上。

衍生用法

▶ Would you mind doing me a favor?
你介意幫我個忙嗎？

Do you accept credit cards?

你們收信用卡嗎？

深入分析

顧客問結帳櫃臺的常用語，表示要用信用卡結帳的意思。

Do you agree with me?

你同意我的想法嗎？

深入分析

agree with someone表示認同某人觀念或想法的意思。

Do you cough?

你有沒有咳嗽？

深入分析

醫生的常用問句。

衍生用法

▶Do you sneeze?
打噴嚏嗎？

Do you feel any pain in your chest?

你覺得胸部疼嗎？

深入分析

表示詢問胸口是否會痛的意思。feel pain是感覺疼痛。

7

Do you feel like having a cup of coffee?

你想喝杯咖啡嗎？

深入分析

feel like是常用片語，表示「想要…」，後接名詞或動名詞。

衍生用法

▶ Do you feel like a cup of tea?
你要喝杯茶嗎？

Do you have a cellular phone?

你有手機嗎？

深入分析

手機一詞可沒有手，而是cellular phone，cellular是指蜂巢式的意思。

Do you have any cold drinks, please?

請問有什麼冷飲嗎？

深入分析

cold drinks就是直譯為冷飲。

Do you have any hobbies?

你有什麼嗜好嗎？

深入分析

hobby是業餘興趣。

Do you have any idea?

你有任何的意見嗎？

深入分析

詢問對話方有沒有什麼辦法或意見的意思。

Do you have any plans next Sunday?

你下個星期天有任何計劃嗎？

深入分析

詢問對方某個時間點是否已有安排計劃，若沒有，接下來就可以提出你自己的建議。

8

Do you have anything in mind?

你有什麼想法？

深入分析

have anything in mind字面是指「腦中有任何東西」，也就是詢問是否有想法的意思。

Do you have change for a dollar?

你有一元的零錢嗎？

深入分析

change表示零錢的意思。

Do you have change to break?

你有零錢可以兌換嗎？

深入分析

表示自己想要找對方兌換零錢的意思。

Do you have coffee or tea?

有咖啡或是茶嗎？

深入分析

通常是問對方可否提供飲料的意思。

Do you have thc time?

你知道現在幾點鐘？

深入分析

have the time不是有沒有時間，而是詢問時間的意思。

類似用法

▶ Have you got the time?
你知道幾點鐘了嗎？

Do you know David?

你認識大衛嗎？

深入分析

是否認識某人用know。

8

Do you know that girl in white?

你認識那位穿白衣的女孩嗎？

深入分析

in後接顏色，表示穿某顏色衣物的人。

Do you know what his name is?

你知道他的名字嗎？

深入分析

Do you know what...為間接問句，表示是否知道…？

衍生用法

▶ Do you know what she'll make?
你知道她會做什麼嗎？

Do you know when he will be back?

你知道他什麼時候會回來嗎？

深入分析

Do you know when... 為間接問句，表示是否知道何時…？

衍生用法

▶ Do you know when to call him?
你知道何時要打電話給他嗎？

Do you know where I can reach him?

你知道我在哪裡可以聯絡上他嗎？

深入分析

Do you know where... 為間接問句，表示是否知道何處…？

衍生用法

▶ Do you know where the Museum is?
你知道博物館在哪裡嗎？

Do you like going to the movies?

你喜歡去看電影嗎？

深入分析

go to the movies 表示去看電影。

類似用法

▶ I'd like to see a movie.
我想要去看電影。

9

Do you like playing chess?

你喜歡下棋嗎？

深入分析

like後接動名詞，表示喜歡做某事的意思。

Do you listen to music at home?

你在家會聽音樂嗎？

深入分析

listen to the music表示聽音樂的意思。

Do you mind if I call on you this evening?

你介意今晚我去拜訪你嗎？

深入分析

call on someone不是打電話給某人，而是拜訪某人的意思。

Do you need a doctor?

你需要看醫生嗎？

深入分析

need a doctor是需要醫生，也就是表示去看醫生的意思。

Do you need any help?

你需要幫忙嗎？

深入分析

主動提供協助的詢問。

Do you work out?

你有在健身嗎？

深入分析

work out是健身、鍛鍊身體的意思。

Does this bus go to Seattle?

這班公車有到西雅圖嗎？

深入分析

公車go to＋地名，表示公車有到達的地點。

9

Does this bus stop at City Hall?

這班公車有停靠在市政府站嗎？

深入分析

公車停靠站用 stop at＋地點。

Does this street lead to the park?

請問這條街有通往公園嗎？

深入分析

詢問街道的去向。

Does your watch keep good time?

你的錶時間準確嗎？

深入分析

keep good time 表示準時的意思。

Don't be such a chicken.

別像個膽小鬼。

深入分析

chicken是雞的意思，表示沒有勇氣、膽怯之意。

Don't bother.

不必麻煩！

深入分析

告知對方自己可以處理，不煩勞駕之意。

類似用法

▶ Please don't bother.
請不必麻煩！

Don't bother me.

別來煩我！

深入分析

bother someone表示打擾某人的意思。

Don't even think about it.

想都別想！

深入分析

要對話方放棄、不必有過多想像或意圖的意思。

10

Don't let it get you down.

不要因此而沮喪。

深入分析

down是沮喪的意思，get someone down是指造成某人沮喪的意思。

Don't let it worry you.

別為此事擔心。

深入分析

worry someone是使某人擔心的意思。

Don't let me down.

不要讓我失望。

深入分析

let someone down是指使某人失望的意思。

Don't lose your mind.

不要失去理智。

深入分析

mind是指想法，也有理智之意。

Don't make a fool of me.

不要愚弄我！

深入分析

make a fool of someone是愚弄某人的意思。

Don't make fun of me.

不要嘲笑我！

深入分析

fun是開心，make fun of someone則是嘲笑某人的意思。

Don't mention it.

不必客氣！

深入分析

字面意思為不用提及，引伸為不必客氣，當對方道謝時，你可以使用的回應用語。

Don't move!

別動！

深入分析

嚇阻對方不能有任何的動作！

10

Don't take it out on me!

不要把氣出在我身上。

深入分析

捍衛自己不成為對方的出氣筒的意思。

Don't take it so hard.

看開一點！

深入分析

hard是嚴肅、嚴厲的意思，勸對方不要這麼想不開。

Don't try to rip me off.

別想要佔我便宜！

深入分析

表示自己就是不願意吃虧的意思。

Don't work too hard.

不要工作得太累。

深入分析

work hard是努力工作的意思。

Don't worry about it.

別這麼說！

深入分析

也有「不用擔心」的意思。

衍生用法

▶ Don't worry.
不必擔心啦！

衍生用法

▶ Don't worry so much.
不必這麼擔心啦！

Don't you think so?

你不這麼認為嗎？

深入分析

don't you think...是質疑的常用問句。認為應該是依照說話方的想法。

Enough!

夠了！

深入分析

嚇阻對方不要再發言或到此為止之意，表示自己的不耐煩！

11

Everyone is fine, thank you.

每一個人都很好。謝謝你！

深入分析

感謝對方對其他人的關心。

Everything turned out well.

結果一切都很好。

深入分析

表示事情的結果令人放心！

類似用法

► Everything will work out just fine.
凡事都會順利的！

Everything will be fine.

凡事都會順利的！

深入分析

表示事情的發展會是順利的意思。

Excuse me.

借過！

深入分析

帶有抱歉、打擾的意思。

Excuse me, but where is the Museum?

請問博物館在哪兒？

深入分析

excuse me是請問…的意思。

類似用法

▶ Excuse me, could you tell me how I can get to the Museum?

請問，你能告訴我怎樣到博物館嗎？

類似用法

▶ Excuse me, could you tell me the way to the Museum?

請問你能告訴我去博物館的路嗎？

11

May I ask you a question?

我能問你一個問題嗎？

深入分析

向對方提出問題的禮貌用法。

Excuse my interrupting you.

對不起，打擾你們了。

深入分析

抱歉打擾對方的談話的意思，通常對方有二人以上的人數。

Extension 211, please.

請轉分機211。

深入分析

麻煩接電話者代為轉分機的電話用語。

Face it.

面對現實吧！

深入分析

勸對話方面對事實，不要逃避！

Fine, thank you.

我很好，謝謝關心。

深入分析

回應對方How are you（問候）的用語。

Follow me, please.

請跟著我走。

深入分析

請對方依照自己的引領或腳步到達某地。

For here or to go?

內用還是外帶？

深入分析

點餐櫃臺侍者詢問顧客的用餐需求。

Forget it.

算了！

深入分析

帶有放棄、不要再追問的意味。

11

Forgive me.

原諒我。

深入分析

請求對方的諒解。

Forgive me, but you are wrong.

原諒我的指責，但是你錯了。

深入分析

請求對話方先原諒自己的直言。

Freeze!

別動！

深入分析

通常是警察要求現行犯的嚇阻語言。

衍生用法

▶ Don't move.

別動！

衍生用法

▶ Halt.

別動！

Friends?

我們還是朋友嗎？

深入分析

彼此大吵、誤解過後，企圖彌補彼此關係的用語。

Get away from me!

離我遠一點！

深入分析

要求對方不要再靠近自己！

Get lost.

滾蛋！

深入分析

咒罵語，要對方離開的意思。

Get out of my face.

從我面前消失！

深入分析

不願意再見到對方的意思。

12

Get out!

太離譜了！少來了！

深入分析

可以是要對方離開，或是要對方不要開玩笑、嚴肅一點的意思。

Give me a break!

饒了我吧！

深入分析

也有要對方別鬧了、少來了的意思。

Give me a call sometime.

偶爾給我個電話吧！

深入分析

給個電話（give me a call）也就是打電話聯絡的意思。

衍生用法

▶ Give me a call when you're in town.
如果你進城，打個電話給我。

Go ahead.

隨你便！

深入分析

表示同意，或是鼓勵對方繼續做某事的意思。

God bless you.

上帝保佑你！

深入分析

當對方打噴嚏或遇到壞事時，你給予的祝福用語。

Good idea.

好主意！

深入分析

讚賞對方提出的好方法或好建議，全文為It's a good idea.

Good job.

幹得好！

深入分析

讚賞對方的好表現！

12

Good luck to you.

祝你好運。

深入分析

祝福對方有好運的意思。

類似用法

▶ Good luck.

祝好運！

Good to meet you.

很高興認識你。

深入分析

認識新朋友的用語。

類似用法

▶ Glad to meet you.

很高興認識你。

類似用法

▶ Nice to meet you.

很高興認識你。

Good to see you again.

好高興又再見到你。

深入分析

再遇到朋友的客套用語，good也可以用nice替代。

Good-bye.

再見！

深入分析

道別時的用語。

類似用法

▶ Bye.

再見！

▶ See you around.

再見！

Got a minute?

現在有空嗎？

深入分析

詢問對方是否有空的意思，可能是為了討論或請對方協助的目的。

Got you!

你上當了！

深入分析

騙倒對方時的嘲笑用語。

13

Great.

很好！

深入分析

讚美的常用語，但若用責難或不耐的語氣，則有怪罪對方之意。

Grow up!

成熟點！長大吧！

深入分析

對對方不成熟舉動的提醒用語。

Guess what?

你猜猜怎麼了？

深入分析

隨口的用語，通常接下來還有話要說。

Have a good day.

祝你有愉快的一天！

深入分析

祝福對方今天一切順利的用語。

類似用法

▶ Have a nice day.
祝你有美好的一天。

Have a good trip.

祝你一路順風。

深入分析

給遠行朋友的祝福。

類似用法

▶ Have a safe trip.
祝你旅途平安。

Have a good flight back.

祝你回程旅途平安。

深入分析

祝對方回程順利，通常適用於飛行的航程。

Have a good rest.

好好休息吧！

深入分析

勸對方多多休息的意思。

13

Have a seat.

請坐。

深入分析

字面為「擁有一張椅子」，也就是請坐的意思。

類似用法

▶Have a seat, please.
請坐。

類似用法

▶Sit down, please.
請坐。

Have fun.

好好玩！

深入分析

祝福對方玩得高興的意思。

Have you ever met David?

你見過大衛嗎？

深入分析

have you ever met＋某人，詢問對方是否和某人見過面的意思。

衍生用法

▶Have you ever met my husband?
你見過我的先生嗎？

Have you taken his temperature?

你給他量過體溫了嗎？

深入分析

take the temperature是指量體溫的意思。

類似用法

► The doctor is going to take his temperature.
醫生將給他量體溫。

Haven't seen you for a while.

好久不見了吧！

深入分析

for a while是指時間上的好久的意思。

He has agreed to lend me money.

他已同意借我錢。

深入分析

lend someone something是指借某物給某人的意思。

14

He is an old friend of mine.

他是我的一個老朋友。

深入分析

表示這位朋友是我眾多朋友中的其中一位 (one of mine)。

He married Tracy last month.

他上個月和崔西結婚了。

深入分析

不論嫁娶都用marry這個單字。

He really makes me happy.

他很能逗我開心！

深入分析

make someone happy表示能讓某人開心的意思。

He told me a story.

他念故事給我聽。

深入分析

tell someone a story就是念故事書的常用說法。

He will be here any minute.

他馬上就會到！

深入分析

表示隨時就會抵達的意思。any minute是隨時之意。

He won't be free until eleven thirty.

他十一點卅分前都不會有空。

深入分析

free是指空閒。否定句＋until＋某個時間點，表示在這個時間點之前都無法…的意思。

He's almost twice as old as you are!

他的年紀幾乎比你老一倍啊！

深入分析

twice是兩倍的意思。

14

He's busy on another line.

他現在正在忙線中。

深入分析

be busy on another line表示某人在講另一線的電話。

He's in a meeting now.

他現在正在開會中。

深入分析

in a meeting表示正在會議中。

He's just around the corner.

他人就在附近。

深入分析

若是人around the corner，表示此人就在附近。若是指時間，則表示某個特定時間或日期就快到了的意思。

衍生用法

▶ Spring is just around the corner.
春天就快要到了！

He's my Mr. Right!

他是我的真命天子。

深入分析

表示在感情生活中，就是這個男人最適合我的意思。

He's my soul mate.

他是我的靈魂伴侶

深入分析

通常是指這個男人是自己尋尋覓覓的另一半。

He's not in yet.

他現在還沒回來。

深入分析

yet是尚未的意思。

He's off today.

他今天休假。

深入分析

off代表不在的意思。

15

He's out to lunch.

他出去吃午餐了！

深入分析

be out to＋餐點，表示出去用餐的意思。

He's still on the phone.

他還在講電話。

深入分析

be on the phone表示某人在講電話中。

He's the last man I want to see.

他是我最不願意見的人。

深入分析

最後一個人想見的人，也就是不想見到對方的意思。

Hello?

有人嗎？

深入分析

問句的語氣，表示詢問有人在這裡的意思嗎？

Hello yourself.

你好啊！

深入分析

回應對方說Hello的問候語，是口語化用法。

Hello, stranger.

好久不見啦！

深入分析

表示很久不見，都快變陌生人(stranger)的意思。

Help!

救命啊！

深入分析

大聲呼救的用語。

Here comes my bus.

我的公車來了！

深入分析

等公車的人對陪同的人告知公車即將到站的用語，也有談話即將結束的意思。

15

Here is my e-mail address.

這是我的電子郵件信箱。

深入分析

電子郵件也是需要地址的，所以就叫做e-mail address。

Hi, David.

嗨，大衛。

深入分析

簡單的打招呼用語。

Hi, can I help you?

嗨，需要我幫忙嗎？

深入分析

主動打招呼，並詢問對方是否需要幫助。

Hold on.

等一下！

深入分析

請對方稍候的用語。

Hold the line, please.

請稍等。

深入分析

電話用語，請對方不要掛斷電話。

Holy shit!

糟糕！

深入分析

咒罵語，注意使用時機。

Hope to see you soon.

希望能很快地再見到你。

深入分析

客套用語，期望和對方再相見的用語。

類似用法

► Hope to see you again next year.
期望明年再相見！

16

How about a cup of coffee?

來杯咖啡如何？

深入分析

How about...是提議的常用用語，本句是請對方喝咖啡或建議喝咖啡的意思。

類似用法

▶ How about some coffee?
來點咖啡如何？

How about going for an outing?

要不要出去走走？

深入分析

提議外出踏青的用語。

How about having dinner with me tonight?

要不要今晚和我一起吃飯？

深入分析

邀請用餐的用語。

How about next Sunday?

要不要就下星期天？

深入分析

提議時間的用語。

How about that?

那個如何？

深入分析

詢問對某事或某物的意見，也可以是提出選that one（那一個）的意見。

How are things going?

一切都好吧？

深入分析

關心事情是否順利。

類似用法

▶ How's things going on here?
事情都順利吧？

16

How are you?

你好嗎？

深入分析

問候的基本用語。

類似用法

▶ How are you, David?
大衛你好嗎？

How are you today?

你今天好嗎？

深入分析

問候對方今天過得如何。

How are you doing?

你好嗎？

深入分析

口語化的問候語句。

How are you getting on?

你過得怎麼樣？

深入分析

也是問候語句。

How are you this morning?

今早好嗎？

深入分析

問候對方特定時間（今早）過得好嗎的問候語。

How can I get to the Museum?

我要怎樣才能到博物館呢？

深入分析

get to＋地點，表示抵達某地的意思。

類似用法

▶ How can I get to this address?
我要怎樣才能到這個地址？

17

How come?

為什麼？怎麼會這樣？

深入分析

how come表示詢問原因的意思。

How did it go?

事情順利嗎？

深入分析

表示某事是否順利進行的意思。

How did you like it?

你覺得喜歡嗎？

深入分析

詢問對方是否喜歡某事或某物的意思。

How did you meet David?

你和大衛是怎麼認識的？

深入分析

和某人第一次認識是用meet，而非know。

How do I contact you?

我要如何聯絡你？

深入分析

詢問對方的聯絡方式的意思。

How do you do?

你好嗎？

深入分析

適用在初次見面時的客套用語。

How do you feel now?

你現在覺得如何？

深入分析

詢問對方目前的感受，feel可以是心理或身體的感受。

How do you feel today?

你今天覺得如何？

深入分析

詢問對方今天的感受。

17

How do you want the beef? Rare, medium, or well-done?

你的牛排要幾分熟？三分熟、五分熟還是全熟？

深入分析

侍者詢問點牛排的顧客對牛排熟度的烹煮偏好用語。

How far is it from here?

離這裏有多遠？

深入分析

對於距離的詢問的用語，表示從這裡（from here）到之前曾經提及的某地。

How goes the time?

幾點鐘了？

深入分析

關於時間鐘點的詢問用語。

How has it been going?

近來好嗎？

深入分析

表示最近一段的時間裡，人事物的狀況如何。

How have you been?

你近來好嗎？

深入分析

表示詢問對方近來的狀況如何。

How is everyone?

大家都過得好嗎？

深入分析

詢問大眾的狀況的意思，但無特定哪些人，大多為對話方彼此皆熟識的人。

How is everything?

最近還好嗎？

深入分析

大範圍的事物狀況。

18

How is the weather today?

今天天氣如何？

深入分析

詢問今天天氣的狀態。

How is your family?

你的家人好嗎？

深入分析

關心家人的狀況，family在此是指一整個家人。

How is your wife?

你的太太好嗎？

深入分析

關心特定家人的狀況。

衍生用法：

▶How is your husband?
你的先生好嗎？

衍生用法：

▶How is your son?
你的兒子好嗎？

衍生用法：

▶How is your daughter?
你的女兒好嗎？

How is school?

今天在學校過得如何？

深入分析

表示詢問在學校的課業情形是否順利。

How is your work?

工作進展得如何了？

深入分析

關心工作的狀況。

How kind of you.

你人真好！

深入分析

表示對對話方親切或心地善良或施以援手的感謝語。

How long does it take on foot?

走路要多久的時間？

深入分析

on foot是用雙腳走路的意思。how long是指時間上有多久。

18

How long has this been going on?

像這樣有多長時間了？

深入分析

表示詢問目前這個狀態持續的時間長度。

類似用法

▶ How long have you been like this?
你像這樣有多長時間了？

類似用法

▶ How long have you had it?
你有這症狀多長的時間了？

How many books do you read a month?

你每個月看多少本書？

深入分析

表示一個月的閱讀量。

衍生用法

▶ How many movies do you see a year?
你一年看幾部電影？

How many brothers do you have?

你有幾個兄弟？

深入分析

詢問手足的數量。

衍生用法

▶ How many sisters do you have?
你有幾個姊妹？

衍生用法

▶ How many siblings do you have?
你有幾個兄弟姊妹？

衍生用法

▶ How many children do you have?
你有多少孩子？

How many stops are there to Taipei?

到台北有幾站？

深入分析

表示大眾運輸工具（例如公車、捷運）至某地的停靠數量有多少。

19

How many times did you do it?

你做過幾次了？

深入分析

表示詢問從事某種行為的次數。

How may I help you?

有需要我幫忙的嗎？

深入分析

正式詢問是否需要幫忙的用語。

How much do I owe you?

我欠你多少錢？

深入分析

owe是指欠債的意思，也可以是應該給予的金額數的意思。

衍生用法

▶ You owe yourself a holiday.

你應該給自己安排個假期！

How much is it?

這個賣多少錢？

深入分析

詢問售價的基本用語。

How much time is left?

還剩多少時間？

深入分析

詢問還剩多少（be left）時間的意思，time是不可數名詞，不可以用how many...，而是用how much...。

How much time do you have?

你有多少時間？

深入分析

詢問有多少時間可利用或安排的意思。

19

How much time is spent in each activity?

每個活動花多少時間？

深入分析

表示對每件活動的時間安排，時間的花費用spend（過去式是spent）。

How nice!

太好了！

深入分析

讚賞的用語。

How often do you eat out?

你多經常外食？

深入分析

how often是詢問頻率，而eat out是指出外用餐。

How often do you exercise?

你多久運動？

深入分析

do exercise是指作運動。

How often does this bus run?

公車多久來一班？

深入分析

公車的行駛是用 run 這個單字。

How unfortunate!

多不幸啊！

深入分析

悲憐對人事物的不幸！

How was your day?

你今天過得如何？

深入分析

詢問已過去時間的狀況。

衍生用法

► How was your week?

你這個星期過得如何？

20

Hurry up!

快一點！

深入分析

催促對方加緊速度不要再拖拖拉拉的意思。

I ache all over.

我渾身痠痛。

深入分析

表示身體不舒服的狀態。

I admire David.

我很景仰大衛。

深入分析

表示讚賞某人。

I agree with you.

我和你的意見一樣。

深入分析

agree with someone 同意某人的觀點，但未指出是哪一件事。

I agree with you on this point.

這一點我和你的意見一樣。

深入分析

on this point 是針對某一事件，同意對方的觀點。

相關用法

▶ I don't agree with you on it.
我不同意你對它的看法。

I couldn't agree less.

我絕對不同意。

深入分析

表示同意無法再少了，也就是「堅決反對」的意思。

I couldn't agree more.

我完全同意。

深入分析

表示同意無法再多了，也就是「非常同意」的意思。

20

I always borrow books from the library.

我常到圖書館借書。

深入分析

borrow books from the library 就是到圖書館借書的意思。

I always get up at 8 o'clock.

我總是在八點鐘起床。

深入分析

get up 表示起床的意思。

I apologize to you.

我向你道歉。

深入分析

apologize to someone 是向某人正式道歉的用語。

I appreciate your help.

感謝你的幫忙。

深入分析

感謝對方協助的正式用語。

I appreciate your kindness.

感謝你的好意。

深入分析

感激對方的善心與好意。

I beg your pardon.

你說什麼?

深入分析

請對方再說一次的意思。

I bet you had a great time.

我猜你玩得很開心。

深入分析

bet是打賭、猜測的意思。

I broke my leg.

我摔斷腿了!

深入分析

摔壞、摔斷一律用break這個單字,過去式是bro-ke。

21

I called you last night.

我昨天晚上有打電話給你。

深入分析

last night是「是上次的夜晚」，也就是「昨晚」的意思。

I can do it by myself.

我可以自己來。

深入分析

by one'sself是依靠自己的力量的意思。

I can do nothing but that.

我只會做那件事。

深入分析

表示自己會做的事不多，只有彼此都有默契知道的那一件（that）罷了。

I can handle it by myself.

我可以自己來。

深入分析

handle it是泛指處理事務的意思。

I can help you.

我可以幫你。

深入分析

提供幫助的最直接說法。

I can imagine.

我可以想像！

深入分析

表示自己雖沒有親眼看到，卻可以透過對方的描述或其他方式瞭解狀況。

I can make it.

我能做到。

深入分析

泛指可以自己獨力處理、完成的意思。

I can manage it all right.

我可以自己來（不需要幫助）！

深入分析

all right表示順利，manage it all right也就是可以獨自順利處理的意思。

21

I can play the guitar a little.

我稍微會一點吉他。

深入分析

大部份的樂器演奏都是用play這個單字。

衍生用法

► She plays the piano well.
她能演奏好聽的鋼琴。

I can tell.

我看得出來！

深入分析

tell可以是指說話，但也有判斷、察覺的意思。

I can't afford a new car.

我買不起一部新車。

深入分析

afford+something，表示以自己的財力，可以負擔某一種開銷或花費的意思。此為否定用法，表示無法負擔。

I can't afford to pay my debts.

我無法負擔我的帳務。

深入分析

afford to +原形動詞，表示以自己的財力，足以去做某事的意思。

I can't think of it right off hand.

我現在一時想不起來。

深入分析

表示一時忘記了的意思。

I can't believe it.

真教人不敢相信！

深入分析

表示令自己感到訝異的意思。

22

I can't believe I forgot.

真不敢相信我忘了！

深入分析

為自己的健忘找台階下的遺憾用語！

I can't believe my eyes!

我真敢不相信我所看到的！

深入分析

通常是眼見為憑，但這是對自己所見的情況感到訝異的用語。

I can't breathe well.

我呼吸不順。

深入分析

表示快要窒息、無法呼吸的意思。

I can't do it by myself.

我沒有辦法獨自完成。

深入分析

尋求對方協助的求助語。

I can't eat.

我吃不下了！

深入分析

表示很飽、吃不下、不能再吃的意思。

I can't help it.

我情不自禁！

深入分析

can't help it表示「情不自禁」、「無法自制」的意思。

I can't help you.

我不能幫你。

深入分析

拒絕提供協助的直接說法。

22

I can't help you at the moment.

我現在不能幫你。

深入分析

at the moment表示「現在、此刻」的意思。

I can't make it in two months.

我無法在兩個月的時間內完成。

深入分析

in後面接時間，表示在某段時間之內。

I can't stand it.

我無法容忍。

深入分析

stand是站立，但也有忍受的意思。

I can't stop coughing.

我不停地咳嗽。

深入分析

can't stop＋動名詞，表示停不住地做某事的意思。

衍生用法

▶I can't stop shivering.
我不停地打顫。

衍生用法

▶I can't stop sneezing.
我不停地打噴嚏。

I can't take it anymore.

我受不了了！

深入分析

take是拿取的意思，但也有忍受的意思。

I can't talk to you now.

我現在不方便講話。

深入分析

表示可能要忙某事無法和對方多談的意思。

23

I can't thank you enough.

真的非常感謝你！

深入分析

表示謝意不會足夠，也就是非常感謝的意思。

I can't wait to see you again.

我等不及要和你見面！

深入分析

客套用語，表示很想和對方見面的意思。

衍生用法

▶I hope to see you again soon.
希望很快再見到你。

衍生用法

▶I hope we meet again soon.
希望我們可很快再見面。

I collect stamps as a hobby.

我的興趣是集郵。

深入分析

as a hobby 表示將某種嗜好當成興趣的意思。

I come from Taiwan.

我來自台灣。

深入分析

來自何處是用片語come from＋地名。

I cooked dinner all on my own.

我都是自己煮晚餐的。

深入分析

on my own字面是「我自己的」，就是靠自己力量沒有他人幫忙的意思。

I could offer a ten percent discount on that.

我可以給你九折優惠。

深入分析

a ten percent discount表示給予百分之十的折扣（discount），也就是九折的意思。

23

I can't sleep.

我睡不著。

深入分析

表示因為某種原因導致失眠、無法入眠的意思。

I couldn't sleep well.

我睡得不安穩！

深入分析

表示睡得不安穩、時常驚醒的意思。

類似用法

► I didn't sleep a wink last night.
我昨晚根本沒睡好。

I didn't catch you.

我沒有聽懂你的意思！

深入分析

catch 是「抓取」，catch someone 表示「聽懂某人言論」的意思。

I didn't mean that.

我不是那個意思！

深入分析

mean表示「表達意見」，that就泛指被誤會的言論。

I didn't mean to.

我不是故意的。

深入分析

mean to是指刻意做某事的意思。

衍生用法

►I didn't mean to do it.
我不是故意要那麼做的

I didn't mean to hurt your feelings.

我不是有意要傷害你的感情。

深入分析

表示自己無意傷害對方的感受，feeling是指心理層面的感受。

24

I do want to work.

我的確想要工作。

深入分析

do＋原形動詞的肯定句，表示你確實想要做某事的意思。

I do have some.

我是有一些！

深入分析

回應對方提出自己是否有某物的疑問。

I don't know for sure.

我不確定。

深入分析

表示不知道某事、無法確定的意思。

I didn't see that coming.

我沒有預期它會發生。

深入分析

see除了是看見，也帶有預期的意味。

I don't care.

我不在意！

深入分析

對於自己的行為有信心，不在意他人的想法的直接用語。care是在意的意思。

I don't care what others will think about us.

我不在意其他人怎麼看我們。

深入分析

表示不在意其他人的眼光。others表示其他人的意思。think about是對某事的看法，也就是中文看待…的意思。

I doubt it.

我懷疑會這樣。

深入分析

表示不願相信某一事件，或持懷疑的態度。

24

I don't doubt that he will come.

我認為他一定會來。

深入分析

I don't doubt that...表示我不懷疑某事，也就是確認…的意思。

I don't feel well.

我覺得不舒服。

深入分析

feel是感覺，可以是心理或身理的感受。

I don't have any appetite.

我沒有食慾。

深入分析

表示吃不下任何東西的意思。

I don't have any time.

我沒有時間。

深入分析

表示很忙的意思。

I don't have the guts to ask her out.

我沒有勇氣約她出來。

深入分析

guts是勇氣。ask someone out表示和某人約會的意思。 her是女性，若對象是男性，就是ask him out。

I don't know.

我不知道。

深入分析

表示一無所知的意思。

類似用法

► I have no idea.
我不知道。

I don't know how to tell her.

我不知道該怎麼告訴她。

深入分析

表示無法開口告知的意思。her是女性，若對方是男性，就是tell him。

25

I don't know when it came up.

我不知道那是何時發生的？

深入分析

come up是發生的意思。

I don't know where to begin.

我不知道要從哪裡開始。

深入分析

表示無所適從的意思。

I don't know what to do.

我不知道要怎麼做。

深入分析

表示無法做某事的意思。

I don't know which I missed.

我不知道錯過哪一個了。

深入分析

表示你知道可能錯過一些事，但你不是很確定，所以如此為自己找台階下，或希望對方能提示你。

I don't know who said it.

我不知道是誰說的！

深入分析

彼此都有耳聞一些事，但是你也不知道是誰放出的消息，表示你也為此感到很好奇！

I don't know why you hate me.

我不知道你為什麼討厭我！

深入分析

表示你想要知道對方之所以不喜歡你的原因。

25

I don't know who you are.

我不知道你是誰。

深入分析

I don't know...後面若接疑問詞引導的問句，則不可以用倒裝語句 who are you，而要接 who are you。

I don't like it.

我不喜歡它。

深入分析

表示厭惡某事物的意思。

I don't mind.

我不在意！

深入分析

表示不會在意（mind）他人的看法。

類似用法

▶I don't mind at all.
我一點都不在意！

衍生用法

▶I don't care.
我不在意！

I don't see it that way.

我不是那樣認為的。

深入分析

表示自己持不同的看法！

I don't think so.

我不這麼認為！

深入分析

表達不同意見的最好方式。

I don't think you've met each other before.

我想你們倆以前沒見過面吧！

深入分析

為沒有見過面的雙方引見介紹的開場用語。

I don't want any trouble.

我不希望有任何麻煩！

深入分析

表示與我無關、別來煩我，或是你別惹事的意思。

26

I enjoy listening to music.

我喜歡聽音樂。

深入分析

enjoy後面加動名詞或名詞，表示喜歡做某事的意思。

衍生用法

▶ I enjoy video games at home.
我喜歡在家打電動。

I fell in love with David.

我愛上了大衛。

深入分析

fall in love with someone表示和某人戀愛中的意思。

I feel dizzy.

我覺得頭暈。

深入分析

feel後接形容詞，表示身體的狀態，頭昏就用dizzy表示。

衍生用法

▶ I feel dull.
我覺得頭昏腦脹。

衍生用法

▶ I feel painful.
我覺得痛。

衍生用法

▶ I feel sick.
我感覺不舒服。

I feel like studying.
我想要唸書。

深入分析

feel like＋動名詞，是想做某事的意思。

衍生用法

▶ I feel like throwing up.
我想要嘔吐。

I feel much better.
我覺得好多了！

深入分析

feel much better是常用語，表示覺得舒服多了！

26

I feel terribly sorry.

我感到非常抱歉。

深入分析

表示感到難過、遺憾的意思，也有道歉的意思。

terribly是指非常地。

衍生用法

► I'm so sorry for you.

我為你感到遺憾！

I feel tired.

我覺得很累。

深入分析

疲累的最好用語。

I got very sick.

我病得很重。

深入分析

got後面可以接病症名稱，表示得到某病。

I got stuck!

我被困住了。

深入分析

可以是人被困住或思緒不通的意思。

I got you.

我懂了！

深入分析

表示理解對方說法或想法的意思。

I guess I will.

也許我會。

深入分析

回應對方的建議，表示自己有可能會這麼做的意思。

I guess I won't have a break until two o'clock.

我想我兩點鐘前無法休息。

深入分析

否定句＋until＋時間，表示在某個時間點之前都無法…的意思。

27

I had better get going.

我最好離開。

深入分析

had better＋原形動詞是指最好去做某事的意思。

I had better not change my mind.

我最好不要改變我的想法。

深入分析

had better的否定句是直接在better後面接not。

I hate it.

我討厭它。

深入分析

通常是指對事或物的討厭。

I hate to say good-bye.

我討厭說再見。

深入分析

字面「討厭說再見」，也就是依依不捨的意思。

I hate you.

我討厭你。

深入分析

討厭某人的直接用語。

衍生用法

▶ I hate myself.
我討厭我自己。

衍生用法

▶ I hate him.
我討厭他。

衍生用法

▶ I hate her.
我討厭她。

衍生用法

▶ I hate them.
我討厭他們。

衍生用法

▶ I hate both of you.
我討厭你們兩人。

27

I have an appointment with my dentist at 3 pm.

我已約好下午三點鐘去看牙醫。

深入分析

have an appointment 表示有預約的意思，with 後面接預約的對象。

I have a cold.

我感冒了！

深入分析

have 後面可加病症名稱或身體發生的狀況。

衍生用法

► I have a cavity.
我蛀牙了！

衍生用法

► I have the chills.
我在打顫。

衍生用法

► I have the hiccups.
我打嗝了！

衍生用法

► I have a stuffy nose.
我鼻子不通。

衍生用法

▶ I have diarrhea.

我拉肚子了！

I have a bad cold.

我得了重感冒！

深入分析

表示是重感冒不是輕微感冒就用bad cold。

I have a fever.

我發燒了！

深入分析

fever是指發熱，have a fever就是發燒的意思。

衍生用法

▶ I have got a high fever.

我發高燒了！

類似用法

▶ I had a slight fever.

我有點發燒！

衍生用法

▶ I had hay fever.

我得了花粉症！

28

I have a headache.

我頭痛。

深入分析

頭痛(headache)是 head(頭)加上 ache(痛)。

衍生用法

▶I have a stomachache.

我胃痛。

衍生用法

▶I have a toothache.

我牙痛。

I have a lot of interests.

我的興趣廣泛。

深入分析

表示興趣很多。

I have a ringing in my ears.

我耳鳴。

深入分析

a ringing in the ears 表示耳朵內有嗡嗡的鈴聲，也就是耳鳴了！

I have a sore throat.

我喉嚨痛。

深入分析

sore 是痠痛的意思。

衍生用法

▶ I have a canker sore.

我嘴破了！

I have a strong dislike for it.

我對此很不喜歡。

深入分析

表示非常不愛（dislike），也就是討厭的意思。

I have got to go.

我必須走了。

深入分析

have got to go 是要走了，表示要說再見了！

28

I have had it up to here.

我能忍受就這樣了！

深入分析

表示再高就要淹沒，也就是容忍度只到此了！

I have heard of him, but never seen him.

我有聽說過他，但從沒見過。

深入分析

表示不認識某人的意思。

I have never thought of it.

我從沒想到這一點！

深入分析

表示是在意料之外的事。

I have no choice.

我別無選擇。

深入分析

表示無奈只能接受的意思。

I have no interest in sports.

我對運動沒什麼興趣。

深入分析

interest in something表示對某事有興趣。

I have no time for novels.

我沒有空看小說。

深入分析

no time for + something，表示沒空做某事，for後面加無法做的事。

I have no time.

我沒有空。

深入分析

no time（沒有時間）是拒絕做某事的好理由。

I have no words to thank you.

我不知要說什麼才能感謝你！

深入分析

表示無言的感謝，也就是非常感謝的意思。

29

I have other business to take care of.

我有事要忙！

深入分析

take care of表示處理某事物的意思。

I have plenty of time.

我的時間還很多。

深入分析

時間很多、很閒的意思。plenty of + something，表示很多某事或某物的意思。

I have to jog to keep in good health.

我得要慢跑以維持健康。

深入分析

keep in good health表示保持身體健康。

I have some bad news to tell you.

我有壞消息要告訴你。

深入分析

要宣布壞消息囉！bad news就是不好的消息！好消息則是good news。

I have something to tell you.

我有事要告訴你。

深入分析

have something to tell someone表示請某人仔細聽的意思，表示自己有事（something）要說。

I have something important to tell you.

我有重要的事要告訴你。

深入分析

重要的事要宣布，important要放在something後面。

衍生用法

►I have something shocking to say.
我有震撼的事要說。

29

I have stiff shoulders.

我的肩膀痠痛。

深入分析

肩膀酸痛通常是用複數shoulders表示。

I have the experience.

我有經驗。

深入分析

表示對某事件是具有經驗的。

I have to attend a senior staff meeting.

我要去參加資深員工會議。

深入分析

have to do something表示必須去做某事。參加會議通常用attend這個單字。

I have to cancel the meeting.

我得取消會議。

深入分析

會議取消用cancel這個單字。

I have to go.

我必須走了。

深入分析

表示要離開的意思。

I have to pick up Jack.

我得去接傑克。

深入分析

pick up someone是指接送某人的意思。

I don't have your e-mail address.

我沒有你的電子郵件地址。

深入分析

don't have something表示不知道某事的意思。

I haven't decided yet.

我還沒有決定！

深入分析

yet表示事件尚未…的意思。

30

I haven't seen you for a long time.

我有好久沒見到你了。

深入分析

for a long time是指經歷好長的一段時間，適用於久未見面者的寒暄用語。

I haven't seen you for ages.

真是好久不見了。

深入分析

for ages也是表示時間很長的意思，要用ages表示。

I haven't seen you for months.

好幾個月沒見到你了。

深入分析

for months表示歷時好幾個月的時間，要用複數months表示。

衍生用法

▶I haven't seen you for weeks.
我有幾個星期沒見你了。

Nature calls.

我要上廁所。

深入分析

字面意思是聽到自然界在呼喚，也就是想上廁所的文雅說法。

衍生用法

► I need to wash my hands.
我要去洗手。（詢問「廁所在哪裡」的隱喻）

I heard you took a trip to Japan.

聽說你去日本旅行。

深入分析

I heard...是我聽見…，也就是「聽說…」的意思。a trip to＋地名，就是到某處短暫旅遊的意思。

I hope it helps.

希望會有幫助！

深入分析

希望某事物對對方來說是有用的！

30

I hope it won't last long.

希望不會持續太長的時間。

深入分析

last是動詞，表示時間持續的意思。

I hope so.

希望如此。

深入分析

對於對方的言論不置可否，也可以是真心期望如此的意思，就看說話當時的語氣來決定。

I just broke up with Jane.

我剛剛和珍分手了！

深入分析

表示和某人分手，通常用過去式broke up with someone表示。

I just can't get it off my mind.

我就是無法忘懷！

深入分析

表示對某事放不下、一直掛念的意思。

I just had an interview yesterday.

我昨天有個面試。

深入分析

interview可以是工作面試或記者採訪的意思。

I just want to kick back and relax.

我只想平靜一下，好好放輕鬆。

深入分析

kick back是指心靈平靜的意思。

I kept getting a busy signal.

我打電話過去一直佔線中。

深入分析

聽到busy signal，也就是對方電話忙線中的意思。

31

I know.

我知道。

深入分析

表示自己已經知道、瞭解的最直接用法，若用無奈語氣表示，則是要對方不要再說了的意思。

I know how you feel.

我能瞭解你的感受。

深入分析

表示感同身受，知道對方的喜怒哀樂！

類似用法

▶I know the feeling.
我能感同身受。

類似用法

▶I know how you must feel.
我能理解你的感受。

I left the keys in the car.

我把鑰匙忘在車裡了。

深入分析

表示鑰匙遺忘在車內，可能是忘了拔起的意思。

I like bowling.

我喜歡打保齡球。

深入分析

表示喜歡某事就用like表示，後面可以接動名詞或名詞。

I like listening to classical music.

我喜歡聽古典音樂。

深入分析

listen to music表示聽音樂的意思。

衍生用法

► I like listening to David's songs.
我喜歡聽大衛的歌。

衍生用法

► I like listening to pop music on FM.
我喜歡聽 FM 電台的流行音樂。

衍生用法

► I like watching quiz shows on TV.
我喜歡看電視的猜謎節目。

31

I like it very much.

我非常喜歡這件事。

深入分析

表示非常…，用 very much 來加強語氣。

I like playing chess.

我喜歡下棋。

深入分析

下棋是用 play chess 表示。

I like to go to museums during vacation.

我喜歡在假日去逛博物館。

深入分析

go to museum 表示逛博物館的意思。

I like to play golf.

我喜歡打高爾夫。

深入分析

喜歡做某事也可以用 like to＋動詞原形表示。

衍生用法

► I like to read romantic novels.
我喜歡讀浪漫小說。

I love to go shopping.

我喜歡去購物。

深入分析

比 like 更強烈的喜愛就用 love，go shopping 是指逛街購物。

衍生用法

► I love to play guitar.
我喜歡彈吉他。

I'm looking for a job.

我在找工作。

深入分析

look for a job 是指找工作的意思。

32

I'm moving to New York.

我就要搬到紐約了。

深入分析

move to＋地名，就是搬家到某處的意思。

I mean what I say.

我說話算話！

深入分析

表示為自己的言論負責的意思。

I missed my stop.

我錯過站了。

深入分析

miss是錯過的意思，miss the stop表示搭車過站忘記下車的意思。

I need help.

我需要幫助。

深入分析

提出需要幫助的直接說法。

衍生用法

▶ I need your help.
我需要你的幫助。

I need it by noon.

我中午前就要！

深入分析

強烈表示中午前就需要某種物品的意思。by加時間，表示在這個時間之前。

I need some change for the bus.

我要一些零錢來搭公車。

深入分析

change是指零錢，「需要一些零錢給公車」也就是要零錢搭公車的意思。

32

I need to get him something.

我需要買些東西給他。

深入分析

get someone something表示要買東西給某人的意思。

I need to see a doctor.

我需要看醫生。

深入分析

用see表示去看醫生，也就是去門診給醫生治療的意思。

類似用法

▶ I'd like to see a doctor.
我要去看醫生。

I need to take a bath.

我要去洗澡。

深入分析

take a bath就是洗澡的意思。

I need to talk with you.

我需要和你談一談。

深入分析

提出希望與對方聊一聊的意思。

I need to stop drinking.

我得要戒酒！

深入分析

stop加動名詞，表示戒掉某種嗜好的意思。

衍生用法

▶ You have to stop smoking.
你得要戒煙。

衍生用法

▶ I stopped smoking.
我戒菸了！

I often browse in bookstores.

我常在書店裡隨便瀏覽。

深入分析

在商店裡browse，就是逛逛不一定要買的意思。

33

I often read a book before going to bed.

我睡前常看書。

深入分析

go to bed就是上床睡覺的意思。

I prefer tea to coffee.

我比較喜歡茶而不是咖啡。

深入分析

prefer A to B表示兩者比起來，比較喜歡A。

I prefer to stay at home.

我寧願待在家裏。

深入分析

prefer to加動詞原形，是比較喜歡做某事的意思。

I quite understand.

我非常能理解。

深入分析

加上quite就表示十分、非常的意思。

I read mysteries as a pastime.

我的嗜好是看神秘小說。

深入分析

as a pastime表示將某種行為當成平時的嗜好。

I really appreciate it.

我真的很感謝。

深入分析

表示感恩、感謝的意思。

I really count on you.

我真的很仰賴你！

深入分析

count on someone表示對某人的依賴。

I really don't know it.

我真的不知道這件事。

深入分析

強調自己真的不知情的意思。

33

I really feel awful.

我覺得很糟糕！

深入分析

大部分是表示心理狀態的糟糕。

I really have to go.

我真的要走了。

深入分析

強調不能再逗留的意思。

I saw him on Sunday.

我星期天有看見他。

深入分析

表示過去的某個時間點曾看到過某人。

I see.

我了解！

深入分析

表示知道、瞭解的口語用法。

I should have knocked.

我應該先敲一下門的。

深入分析

should have 表示應該…的意思。

I sometimes go to concerts.

我有時會去聽演唱會。

深入分析

go to concert 表示去聽演唱會的意思。

I sometimes spend all day on the Internet.

我時常整天上網。

深入分析

spend 表示花費金錢，但也是消磨時間的意思。

衍生用法

► I spent two hours to finish it.
我花了2個小時完成那件事。

34

I sprained my ankle.

我扭傷腳踝了。

深入分析

sprain是扭傷的意思。

衍生用法

▶ I sprained my finger.
我扭傷手指了。

衍生用法

▶ I sprained my neck.
我扭傷脖子。

I suppose so.

我猜就是如此！

深入分析

suppose so表示猜測是如此的意思。

I take aspirin for my headache.

我吃阿司匹靈治療頭痛。

深入分析

吃藥的動詞是take。

I think this is great.

我認為很棒。

深入分析

發表個人的意見就可以用 I think...表示。

I think I should be going.

我想我要走了。

深入分析

be going 是婉轉表示要離開的意思。

I think so, too.

我也這麼認為。

深入分析

表示自己也是同意對方的論點的意思。

34

I thought she was mad at me.

我以為她在生我的氣。

深入分析

be mad at someone表示對某人生氣的意思。

衍生用法

► She'll be mad at me.
她會生我的氣！

I thought you two were made for each other.

我覺得你們兩人是天作之合。

深入分析

be made for each other字面意思是「為彼此製造」，也就是天作之合的意思。

I totally agree with you.

我完全同意你所說的。

深入分析

totally是加強語氣，表示「完全」、「絕對」的意思。

I understand that.

我瞭解！

深入分析

理解對方的意思時，就可以understand表示，that表示正在討論的那件事。

類似用法

▶ Understood.
我瞭解！

I usually go to a pub on weekends.

我週末通常會去酒吧。

深入分析

go to a pub表示去酒吧玩樂放輕鬆的意思。

I usually read novels when I have free time.

當我有空閒的時候，我經常讀小說。

深入分析

read novels是慣用說法，表示看小說的意思。

35

I usually spend time with my family.

在週末的時候我通常會陪伴家人。

深入分析

spend time with someone表示和某人共度時光的意思。family表示家人。

I warned you.

我警告過你。

深入分析

表示之前已經提醒、警告過對話方，但因為對話方不在意，所以某些不好的事仍舊發生。

I was about to leave.

我正好要離開。

深入分析

be about to加動詞，表示正要做某事的意思。

衍生用法

► I was about to leave home when several friends dropped in.
我正要離家時，有幾位朋友來訪。

I was moved by this novel.

這本小說讓我很感動。

深入分析

move是搬動的意思，若用被動說法，則有受感動的意思。

類似用法

▶ I'm deeply moved.
我深受感動。

I was locked out last night.

我昨晚被反鎖在外面。

深入分析

lock out表示被反鎖在外的意思。

I wasn't born yesterday.

我又不是三歲小孩。

深入分析

字面意思是「我不是昨天才出生」，衍生為不要騙我了，類似中文我又不是三歲小孩的意思。

35

I wasn't lying.

我沒有說謊。

深入分析

表示「我說的是實話」的意思。

I will.

我會的。

深入分析

通常是對話方問了一句以will為未來式問句後，你所給予的肯定回答，例如對方問"Will you come with me?"你就可以回答"I will"。

I wish I could, but I can't.

希望可以，但我辦不到。

深入分析

表示自己力不從心的意思。

I wish I hadn't gotten married!

真希望我沒有結婚。

深入分析

表示已經是事實，但真希望沒有發生的意思。

I woke up with a terrible headache.

我起床的時候頭很痛。

深入分析

woke up with a terrible headache表示是起床時伴隨的頭痛現象。

I wonder if you would be free this afternoon.

不知道你今天下午是否有空。

深入分析

wonder...表示不知道是否…，具有猜測的意味。

I wouldn't say that!

我不這麼認為！

深入分析

字面意思是「不會這麼說」，也就是持不同觀點的態度。

36

I give up!

我放棄了！

深入分析

give up表示放棄或拒絕的意思。

類似用法

▶ I'd rather give up.
我寧願放棄！

I'd be glad to.

我很樂意去做！

深入分析

回答對方自己願意做某事的意思。I'd是I would的縮寫，是禮貌用法，表示願意、想要的意思。

類似用法

▶ I'll be happy to.
我很樂意這麼做。

I'd be happy if you could come.

你能來我會很高興。

深入分析

表示對對方若能出席感到高興、開心！

I'd die if she turned me down.

如果她拒絕我，我會死得很難看。

深入分析

turne someone down 表示拒絕某人的告白。

I'll finish it by this afternoon.

我會在今天下午之前完成。

深入分析

by＋日期或時間表示在這個時間點之前的意思。

衍生用法

► I've got to finish the report by ten o'clock.
我要在十點鐘之前完成這份報告。

衍生用法

► I'll call her by noon.
我要在中午前打電話給她！

I'll finish it first.

我會先完成。

深入分析

first 是第一，也就是第一順位先處理的意思。

36

I'd like a refund.

我要辦理退款。

深入分析

若對貨品不滿意，就可以辦理退款，要一個 refund，就是退款。

I'd like decaf.

我點低咖啡因。

深入分析

要一個 decaf，就表示「點一杯低咖啡因的咖啡」。

I'd like to have a cup of tea.

我想喝杯茶。

深入分析

a cup of tea 是指一杯茶，但未必只喝一杯。

I'd like to introduce David.

我來介紹一下大衛。

深入分析

表示引薦某人給大家認識的意思。

I'd like to jog if I have time.

如果有時間，我會慢跑。

深入分析

表示若有時間會做某事的意思。

I'd like to make a reservation.

我要預約。

深入分析

make a reservation表示預約，通常是和某人預約見面，或和飯店、餐廳、機位預約座位的意思。

I'd like to say good-bye.

再見了！

深入分析

say good-bye表示道別的意思。

衍生用法

► I'd like to say good-bye to everyone.
各位，再見了！

37

I'd love to.

我願意。

深入分析

回答對方的邀請（通常為Would you like...的問句），表示答應的意思，和I'd be glad to或I'd like to的用法一樣。

I'd like to, but I can't.

我是想做，但我不行。

深入分析

I'd like to, but＋原因，通常適用在拒絕對方邀請時的理由用句。

I'd like you to meet a friend of mine.

我想要你來認識我的一位朋友。

深入分析

meet someone表示和某人見面認識的意思。

衍生用法

▶I'd like you to meet Mr. Jones, my boss.
我想要你認識瓊斯先生，我的老闆。

衍生用法

▶I'd like you to meet my family.
我想要你見見我的家人。

衍生用法

▶I'd like you to meet my friend David.
我想要你來見一下我的朋友大衛。

I'd like your opinion.

我想聽聽你的意見。

深入分析

表示想知道對話方的意見或想法。

I'd rather stay home.

我寧願待在家裡。

深入分析

would rather＋動詞，表示寧願做某事的意思。

I made a decision by last night.

我昨晚就決定了。

深入分析

make a decision表示做出決定的意思。

37

I'll be expecting you at home.

我會在家等你。

深入分析

expect someone 表示等待某人來訪或來電的意思。

I'll be back tonight.

今天晚上我會回來。

深入分析

be back 表示返回某處的意思。

I'll be there on time.

我會準時到達那裡的。

深入分析

on time 表示準時的意思。

I'll call back later.

我待會再撥電話過來。

深入分析

call back 表示再撥電話過來的意思。

I'll do it for you.

我會幫你做。

深入分析

do something for someone表示提供某人協助的意思。

I'll do my best.

我盡量。

深入分析

do someone's best表示某人盡力的意思。

I'll figure it out.

我會想辦法解決！

深入分析

figure out表示猜測、理解、解決的意思。

I'll find out if he is in the office.

我會確認他是不是在辦公室。

深入分析

find out字面雖是發現，也有確認的意思。

38

I'll get him.

我去找他過來。

深入分析

get someone 表示叫某人過來，可能是來接電話、找人協助的意思。

I'll have a meeting with him over lunch.

我和他有午餐會議。

深入分析

表示不只有單純吃飯的意思，可能會順便討論事情。

I'll have him return your call.

我會請他回你電話。

深入分析

have someone do something表示要求某人做某事，而return someone's call表示回電給某人的意思。

I'll have some mashed potatoes.

我要點馬鈴薯泥。

深入分析

沒有點餐的動詞，但I'll have＋餐點就是點餐的意思。

I'll keep that in mind.

我會記在心裡。

深入分析

keep in mind是放在心裡，也就是不會忘記的意思。

I'll make it short to you.

我就長話短說吧！

深入分析

make it short是讓它短，也就是長話短說的意思。

38

I'll meet you there.

我會在那裡等你。

深入分析

這裡的meet不是認識的意思，而是單純見面的意思。

I'll meet her at the airport.

我要去機場接她的飛機。

深入分析

meet someone at the airport字面意思是和某人在機場見面，也就是要去機場接機的意思。

I'll miss you.

我會想念你的。

深入分析

離別前的客套用語，表示尚未道別就開始想念了！

衍生用法

▶ I'm going to miss you.
但是我會想你啊！

I'll put you through to him.

我幫您轉電話給他。

深入分析

put someone through 表示轉接某人電話的意思。

類似用法

► I'll put your call through.
我替您轉電話。

I'll say.

的確是這樣。

深入分析

字面意思是我會說，也就是肯定某事或某意見、觀念的意味。

I'll see how it goes.

我會看事情是如何發展。

深入分析

see是看見，這裡不是真的視覺上的看見，而是觀察、瞭解的意思。

39

I'll see what I can do.

我看看能幫什麼忙。

深入分析

非常普遍的提供可以協助的前言。

I'll see you sometime.

下次見！

深入分析

再見的道別用語，sometime表示未來的時間。

I'll see.

再說吧！

深入分析

不是我將會看見，而是現在無法做出決定，要等之後的情況再來決定的意思。

衍生用法

▶We will see.
我們再說吧！

I'll show you.

我來示範！

深入分析

show是名詞，表示表演，當動詞時，則是示範，表示作給對方看或學習的意思。

I'll take it.

我決定要買了！

深入分析

決定要買某個商品時，告訴店員自己要買的意思，類似中文「幫我打包起來」。

I'll think about it.

我會考慮看看！

深入分析

表示自己現在無法決定，所以還要再考慮（think about）的意思。

I'll try.

我會試試看。

深入分析

表示不會放棄、願意試一試的意思。

39

I'll try again later.

我晚一點再試。

深入分析

表示自己之後會再嘗試做某事的意思。

I'll walk you there.

我陪你過去！

深入分析

walk是走、散步，也有陪走的意思，表示自己願意步行陪對方走過去某地的意思。

I'm a drama fan.

我是個戲劇迷。

深入分析

fan是狂熱愛好者，也就是中文的「…迷」（如影迷）。

I'm afraid I can't make it today.

今天恐怕不行。

深入分析

I am afraid...表示恐怕…的意境，make it表示達成、辦得到的意思。

I'm afraid I couldn't.

我恐怕不行。

深入分析

委婉拒絕的意思，I'm afraid...就是中文恐怕…，適合所有的情境。

I'm afraid I must be leaving now.

我想我現在得走了。

深入分析

不得不離開的道別用語。

I'm afraid tonight is a bit of problem.

恐怕今晚有點問題！

深入分析

委婉表示今晚是個不方便、不可行的困境。

40

I'm all right.

我很好！

深入分析

回應對方的關心（例如How are you doing?），表達自己很順利的意思。

衍生用法

▶ I'm doing good.
我很好！

衍生用法

▶ I'm great.
我很好！

衍生用法

▶ I'm fine.
我很好！

I'm awfully sorry.

我很抱歉！

深入分析

致歉的常用語。awfully表示「非常地」的意思和terribly類似。

衍生用法

▶ I'm terribly sorry.
我很抱歉！

I'm coming down with the flu.

我感染了流感。

深入分析

be coming down with＋症狀，表示感染了某病症。flu是指流行性感冒的意思。

I'm crazy about football.

我對足球很瘋狂。

深入分析

be crazy about something/someone表示對某事或某人的著迷！

衍生用法

▶ I'm crazy about music.
我熱愛音樂。

衍生用法

▶ I'm crazy about it.
我對此很著迷。

衍生用法

▶ I'm crazy about her.
我很喜歡她。

40

I'm constipated.

我便秘。

深入分析

排便不順或便秘的用法。

I'm David, Eric's boss.

我是大衛，是艾瑞克的老闆。

深入分析

自我介紹的常用語，介紹完名字後，後面馬上接著表明身份。

I'm David's younger sister.

我是大衛的妹妹。

深入分析

自我介紹時直接說明與某人的關係的身份。

衍生用法

▶ I'm Tina's brother.

我是蒂娜的兄弟。

衍生用法

▶ I'm his father.

我是他的父親。

衍生用法

► I'm her mother.
我是她的母親。

I'm fed up with it.

我對那件事厭煩死了！

深入分析

表示自己快要受不了某事，比喻快被淹沒的意思。

I'm fine, thank you. How about you?

我很好，謝謝你。你好嗎？

深入分析

接受對方的關心後，也必須回應對方同樣的問題（How about you）。

I'm flattered.

我受寵若驚。

深入分析

接受讚揚時的禮貌回應用語。

41

I'm getting old!

我覺得自己越來越老了。

深入分析

表示有感而發認為自己年紀漸長！be getting＋形容詞，表示越來越…的意思。

I'm glad for you.

我很為你高興。

深入分析

be glad for someone 表示自己為某人感到高興。

I'm glad to hear that.

我很高興聽見這件事。

深入分析

聽聞某事後，為對方感到高興。hear在本句也可表示知道、聽聞。

I'm glad you like it.

我很高興你喜歡。

深入分析

對於對方喜歡某事感到開心、喜悅。

I'm going there myself.

我正要過去。

深入分析

表示自己也正好要去對話方所提及的某處。

I'm going to pick her up.

我會去接她。

深入分析

pick someone up表示開車去接某人的意思。

I'm good at dancing.

我擅長跳舞。

深入分析

be good at是常用片語，表示擅長做某事的意思，at後面加動名詞或名詞。

類似用法

▶ I'm good at singing.
我很會唱歌。

類似用法

▶ I'm good at English.
我很擅長於英文。

41

I'm impressed.

我印象深刻。

深入分析

表示對某人事物感到印象深刻，通常是在對方提及某事之後的回覆。

I'm in a good mood today.

我今天的心情很好。

深入分析

good mood 是好心情的意思，反之則是 bad mood。

I'm in charge of it.

這是由我來負責！

深入分析

表示自己對整件事負責的意思。

I'm in the middle of something.

我正在忙。

深入分析

in the middle of something表示現在正在忙某件事的意思。

I'm injured.

我扭傷了。

深入分析

通常是指手或腳扭傷的意思。

I'm interested in reading novels.

我喜歡讀小說。

深入分析

be interested in是常用片語，表示對某事有興趣。in後面接名詞或動名詞。

衍生用法

▶ I'm very interested in it.

我對此很感興趣。

衍生用法

▶ I'm interested in music.

我對音樂有興趣。

衍生用法

▶ I'm interested in the Internet.

我對網路有興趣。

衍生用法

▶ I'm interested in photography.

我對攝影有興趣。

衍生用法

▶ I'm interested in gardening.

我對園藝有興趣。

42

I'm just kidding.

我只是開玩笑的！

深入分析

以上全都是玩笑話，告訴對話方不用太在意自己的言論的意思！

類似用法

▶I was only kidding.

我不過是在開玩笑罷了！

I'm kind of broke.

我可以說是身無分文。

深入分析

broke在此是破產的意思。

I'm kind of hungry.

我有一點餓。

深入分析

be kind of＋形容詞，是指「有一點…」的意思。

I'm looking forward to it.

我很期待。

深入分析

look forward to表示期待某事，後接名詞或動名詞。

衍生用法

► I look forward to hearing from you soon.
我期待盡快聽到你的消息！

衍生用法

► I'm looking forward to seeing you again.
我期待再和你見面。

I'm lost.

我迷路了。

深入分析

be lost可以是人的迷路或心靈上的迷失的意思。

I'm not feeling well.

我覺得不舒服。

深入分析

表示身體不舒服的意思，但沒有說明是哪一種不舒服。

42

I'm not myself today.

我今天不順。

深入分析

表示我今天不同於以往，也就是不順利的意思。

I'm not sure.

我不確定。

深入分析

表示自己無法肯定的意思。

I'm not telling.

我不會說的。

深入分析

表示守口如瓶的意思。

I'm off today.

我今天不用上班。

深入分析

be off是休假不必上班的意思。

I'm on a diet now.

我現在正在節食中。

深入分析

be on a diet表示飲食是在節制、控制中。

I'm on my way.

我正要過去。

深入分析

表示自己已經出發在過去某地的路上了！

I'm on my way to the grocery store.

我正在去雜貨店的路上。

深入分析

on someone's way to+地名，表示自己人就在到某地的路上，表示已經出發的意思。

I'm out of cash.

我身上沒有那麼多現金。

深入分析

out of cash表示沒有帶錢在身上的意思。

43

I'm pleased to meet you.

我很高興認識你。

深入分析

與剛認識者的客套用語。

I'm pleased to see you again.

很高興再看見你。

深入分析

表示高興對方再次見面的意思。

I'm poor at dancing.

我很不會跳舞。

深入分析

be poor at something 表示不擅長某事的意思。

at 後面接動名詞或名詞。

類似用法

▶ I'm poor at singing.

我很不會唱歌。

I'm pressed for time.

我有時間的壓力。

深入分析

字面是受到時間擠壓，也就是有時間上的壓力。

I'm proud of you.

我以你為榮。

深入分析

be proud of someone表示肯定、讚揚某人的表現。

I'm serious.

我是認真的。

深入分析

表示自己並不是開玩笑，所說所言都是經過深思熟慮的。

I'm shocked to learn that.

得知這件事讓我很震驚。

深入分析

be shocked是震驚的意思。learn that表示知道這件事的意思，而非學習之意。

43

I'm so happy to see you.

我很高興見到你。

深入分析

很高興和對方見面，是非常客套的用語。

I'm so nervous.

我很緊張！

深入分析

表示自己的情緒緊張。

I'm sorry.

抱歉。

深入分析

表示道歉，適用所有致歉情境。

類似用法

▶ Sorry.
抱歉！

I'm sorry about that.

為此我很抱歉。

深入分析

表示為特定你我雙方都知道的事件感到抱歉。about後面接感到抱歉的事件。

I'm sorry for what I have said to you.

我為我向你說過的話表示道歉。

深入分析

這句I'm sorry...是致歉，表示為自己所言致歉。what後面接所做過的事。

I'm sorry I can't.

抱歉我辦不到！

深入分析

為自己辦不到、無法做的事而致歉。

44

I'm sorry that you lost your job.

你失業了我真難過。

深入分析

此句的I'm sorry that...有遺憾、同情之意，表示遺憾對方失去了工作！

I'm sorry to bother you.

對不起給你添麻煩了！

深入分析

這些所有的事，都是因為自己所造成的，為此致歉。I'm sorry to後面接致歉的原因。

類似用法

▶ I'm sorry to bother you with all this work.
對不起這些事給你添麻煩了！

I'm sorry to disturb you.

對不起打擾你了！

深入分析

打擾對方、中斷對方原有的行程、計畫等，都需為此致歉。

I'm sorry to hear that.

很遺憾聽見這件事！

深入分析

遺憾聽見不好的消息。

I'm sorry to let you down.

對不起讓你失望了！

深入分析

let someone down 表示讓某人失望的意思。

I'm sorry, but Tuesday won't be so convenient for me.

對不起，但星期二我不太方便。

深入分析

表示某個時間點對自己來說不恰當。

I'm starving.

我餓壞了。

深入分析

表示非常飢餓！

44

I'm taking dancing lessons.

我正在學跳舞。

深入分析

課程的學習是用take這個單字。

I'm tied up with it.

我正為這件事忙到不可開交！

深入分析

be tied up with something 表示受到某事的牽絆，也就是正在忙的意思。

I'm under a lot of pressure.

我的壓力很大！

深入分析

人在重力之下，也就是心理壓力很大的意思。

I'm upset.

我很沮喪！

深入分析

沮喪、失意、不得志都適用。

衍生用法

▶ I'm very upset about something.
有些事讓我很沮喪！

I'm very tired.

我很累了！

深入分析

非常疲累的用法。

衍生用法

▶ I'm exhausted.
我累斃了！

I'm working on it.

我正在努力中。

深入分析

表示自己仍在對某些事努力中，所以目前還看不到成果。work on something 表示致力於某事。

45

I've been away doing shopping.

我出去買東西了。

深入分析

do shopping是指購物的意思，但沒有指買何物。

I've been away on a business trip.

我去出差了。

深入分析

on a business trip表示出差的意思。

I've been away on vacation.

我出去度假了。

深入分析

on vacation表示度假中的意思。

I've been away to Seattle.

我去了西雅圖。

深入分析

have/has been away to＋某地表示到過某地的意思。

I've been going to the gym for half a year now.

我已經健身一年半了！

深入分析

go to the gym是指去健身房運動的意思。

I've been playing the piano since I was eight.

我從八歲的時候就開始彈鋼琴。

深入分析

since後面加時間，表示「自從…時間開始」做某事。

45

I've been worried about you all day.

我一整天都很擔心你。

深入分析

all day表示一整天都持續某一種狀態的意思。

I've brought you too much trouble.

我想我已經給你帶來了太多的麻煩。

深入分析

bring someone trouble表示為某人製造麻煩。

I've changed my mind.

我改變主意了！

深入分析

change someone's mind表示某人改變主意了！

I've got a pretty tight schedule today.

我今天的行程滿檔。

深入分析

a tight schedule表示行程滿檔的意思。

I've got an idea.

我有個主意！

深入分析

表示有想法可以提出來討論或解決問題。

類似用法

▶ I have an idea.
我有個主意！

類似用法

▶ I have a good idea.
我有個好主意！

I've got my hands full.

我現在很忙！

深入分析

字面意思是手上很滿，也就是正在忙的意思。

46

I've got news for you.

我有事要告訴你。

深入分析

news是新聞也是訊息、消息的意思。

衍生用法

▶ I've got some bad news for you.
我有壞消息要告訴你。

衍生用法

▶ We just heard the good news.
我們剛剛聽到這個好消息。

I've got to walk my dog.

我得要去遛狗了！

深入分析

walk the dog表示陪狗走路，也就是遛狗的意思。

I've had a very bad day!

我今天糟透了！

深入分析

bad day表示今天過得很不順利的意思。

I've had a wonderful evening.

我今晚過得很愉快。

深入分析

a wonderful evening表示今晚過得很快樂、很棒的意思。

I've heard a lot about you.

真的是久仰大名！

深入分析

字面意思是聽過很多關於某人的消息，也就是中文的「久仰大名」，通常適用在認識新朋友的客套用語。

類似用法

► I've heard so much about you.
久仰你的大名了！

I've put him on hold.

我已經請他先稍候不要掛斷了！

深入分析

告訴電話受話方，已經請來電者保留電話勿掛斷，等待受話方去接聽電話之意。

46

I've tried, but it didn't work.

我有試過，但沒有用！

深入分析

表示自己已經盡力做了某事，但事與願違、沒有發生作用（work）的意思。

If you need any help, just let me know.

如果你需要幫忙，就讓我知道一下！

深入分析

主動提供協助的客套用語。

If you're ever in Taipei, you must look me up.

如果你來台北，一定要來拜訪我。

深入分析

look someone up表示探望某人的意思。

Impressive.

真是令人印象深刻！

深入分析

表示可能是聽聞某事，感到讚嘆、不可思議或令人感到佩服的意思，全文為It's Impressive。

In or out?

你要不要參加？

深入分析

詢問對方是否要參加某一個大家協議好要一起參與的活動。

In that case, I'm sorry to bother you.

如果是這樣，很抱歉打擾你了！

深入分析

in that case表示在這個情況下…的意思。

Is David in the office now?

大衛現在在辦公室裡嗎？

深入分析

詢問第三方（David）是否在公司的常用語。

47

Is David in today?

大衛今天在嗎？

深入分析

詢問某人是否在此地點的問句。

Is David in yet?

大衛回來了嗎？

深入分析

詢問某人外出是否已回來（in）的意思。

Is David in, please?

請問大衛在家嗎？

深入分析

句尾please是帶有禮貌詢問的語氣。

Is David off the line?

大衛講完電話了嗎？

深入分析

表示受話的第三方是否還在講電話，或是已經講完電話（off the line）的意思。

Is everything all right?

事情還順利吧？

深入分析

關心事件（everything）的發展是否順利。

Is it about David?

是和大衛有關嗎？

深入分析

詢問事件是否和特定人物有關。

Is it going to rain today?

今天會下雨嗎？

深入分析

詢問對話方預測今日的天氣狀況。

Is it possible for us to have a talk sometime today?

我們今天找個時間討論一下好嗎？

深入分析

have a talk是討論的意思。sometime today表示就在今天某個不特定的時間點。

47

Is David coming with us?

大衛要和我們一起去嗎？

深入分析

詢問對話方，關於第三方（David）是否要加入同行的意思。

Is that so?

真有那麼回事嗎？

深入分析

對方說了某事（so）而你表示懷疑事件（that）的真實性。

Is this the right line for Seattle?

去西雅圖是這條路線嗎？

深入分析

詢問路線的正確性，大部分是有關交通工具的路線。

Is there a meeting today?

今天開會嗎？

深入分析

確認今天是否有安排meeting（會議）。

• Is there anything I can do for you?

有什麼需要我幫你做的嗎？

深入分析

主動詢問對方是否需要幫忙做某事。

衍生用法

▶ Is there anything I can get for you?
有什麼需要我幫你拿的嗎？

衍生用法

▶ Is there anything I can buy for you?
有什麼需要我幫你買的嗎？

• Is this bus stop for Seattle?

這個站牌有到西雅圖嗎？

深入分析

stop for＋地點，表示此路線公車到某地的意思。

衍生用法

▶ Is this the right platform for Seattle?
這是出發到西雅圖的月台嗎？

48

Is this OK?

可以嗎？

深入分析

確認是否可行、無誤的意思。

Is this seat taken?

這個位子有人坐嗎？

深入分析

字面意思是座位是否被拿，也就是座位是否有人坐的意思。

Is your watch right?

你的錶有準嗎？

深入分析

字面是錶是否正確，也就是是否準時的意思。

Isn't your watch a bit fast?

你的錶是不是有點快？

深入分析

鐘錶快慢適用 fast（快）和 slow（慢）來表示。

衍生用法

▶ Is your watch slow?

你的錶是不是走得慢？

It depends.

不一定！

深入分析

表示狀況未明，事件的發展變化性還是很大！

It depends on you.

這就取決於你了。

深入分析

表示事件的發展全都由對話方來決定！

It can happen to anyone.

任何人都有可能會發生這件事！

深入分析

表示世事難料，任何人都可能是事件的主角。

It can't be.

不可能的事！

深入分析

針對已發生的事或即將發生的事，評論認為不可思議。

48

It didn't help.

這是沒有幫助的！

深入分析

告訴對話方不用徒勞無功了！

It doesn't make any difference.

沒有差別吧！

深入分析

表示兩者之間的差異性不大！

It doesn't work.

沒有效果啊！

深入分析

表示做了某件事或某個動作後，卻沒有明顯的作用！

It doesn't matter.

不要緊！

深入分析

對於事件的發展不用在意的意思。

衍生用法

► It's OK.
沒關係！

It gains thirty seconds a day.

它每天快三十秒。

深入分析

表示鐘錶的時間增快了三十秒。時間比較快通常用 gain 這個動詞。

衍生用法

► My watch gains a little every day.
我的錶每天總是快一點兒。

It happens.

這是常有的事！

深入分析

表示見怪不怪，有找理由規避責任的意味。

衍生用法

► It happens all the time.
見怪不怪！

49

It hurts.

好痛啊！

深入分析

舉凡生理、心理的疼痛都可以用hurt表示！

衍生用法

▶ You hurt my feelings.
你讓我傷心了！

衍生用法

▶ My head hurts.
我頭痛！

It just slipped my mind.

一不留神我就忘了！

深入分析

字面意思表示從思維中溜走，也就是一時忘記了的意思。

It keeps good time.

這錶走得很準。

深入分析

表示鐘錶的時間準時（keeps good time）的意思。

It looks great on you.

你穿這件看起來很棒。

深入分析

look great on someone 表示某人穿起某件衣物來很好看的意思。

It looks smart.

看起來很棒！

深入分析

字面是看起來聰明，實際上是表示狀況很好的意思。

It loses a bit.

它有點慢！

深入分析

表示鐘錶的時間過慢，也就是時間減少（lose）的意思！

49

It loses about two minutes a day.

它每天慢兩分鐘！

深入分析

表示鐘錶的時間每天慢了二分鐘。

It seems to be worse.

事情好像不妙呀！

深入分析

表示發現問題的意思。

It sounds great.

聽起來不錯。

深入分析

可能是提議不錯的意思，有認同的意味。

It sounds OK to me.

對我來說是沒有問題的！

深入分析

聽聞某個意見、想法或提議時，表示認同、同意的意思。

It sounds terrible.

那聽起來很糟糕！

深入分析

聽到某個糟糕的消息後的反應！

It takes five minutes' walk.

走路需要五分鐘的時間。

深入分析

take＋時間＋walk，表示步行所花費的時間。

衍生用法

▶ It's about ten minutes' walk.

步行大約需要十分鐘的時間。

It takes time.

這是要花一點時間的！

深入分析

表示不是憑空不用努力就可以達成的成就，而是要花時間努力經營。

50

It took me two hours to get there.

我花了二個小時的時間到達那裡。

深入分析

take someone's＋時間，表示某人花費了一段時間做某事。

It was an accident.

這是意外！

深入分析

表示事情的發生不在計畫之中，純屬意料之外。

It was no trouble.

不麻煩！

深入分析

回應對話方所做的事沒有為自己造成困擾！

It was really fun hanging out with you.

跟你在一起真是有意思。

深入分析

hang out是指沒有特定事件的聚在一起，類似中文廝混、在一起消磨時間的意思。

It won't happen again.

我保證下次不會了！

深入分析

字面意思是不會再發生，表示發誓、保證自己不再這麼做的意思。

It won't take much time.

不會花太多時間的！

深入分析

花時間是用take這個單字。time（時間）適用much形容，不可以說many time。

50

It won't work.

不會有用的！

深入分析

表示事先知道不會發生作用，work表示發生作用的意思。

It won't keep you long.

不會耽誤你太多時間！

深入分析

佔用某人的時間可以用keep someone long表示。

It'll all work out.

事情會有辦法解決的。

深入分析

work out除了是健身，還有解決、發生作用的意思。在此是要對方安心。

It'll clear up soon.

很快就會放晴！

深入分析

clear up是晴天的意思。

衍生用法

▶ It'll clear up tomorrow.
明天會是個晴天！

It'll do you good.

對你來說是好事！

深入分析

do someone＋形容詞，表示「對某人…」的意思，常見片語是do you good（對你是好的）。

衍生用法

▶ A vacation would do you good.
放假對你來說是好事！

衍生用法

▶ A change will do him good.
改變對他來說是好事！

衍生用法

▶ The fresh air will do her good.
新鮮空氣對她是有幫助的。

51

It's a sunny day, isn't it?

今天天氣晴朗，不是嗎？

深入分析

isn't it放句尾是反問句用法。

It's a five-minute walk.

走路需要五分鐘的時間。

深入分析

這句的minute 不可以加複數s。

It's a hard time for us.

對我們而言是一段難熬的日子。

深入分析

hard time是指難熬的歲月。

It's a little cloudy.

今天天氣有一點多雲。

深入分析

cloudy是指雲層很厚，也是陰天的意思。

It's a long story.

說來話長！

深入分析

long story是指很長的故事，也就是說來話長的意思。

It's a nice day.

天氣真好！

深入分析

nice形容天氣，是指好天氣的意思。

It's a piece of cake.

這太容易了！

深入分析

字面意思是一片蛋糕，也就是回應對方這件事非常簡單處理的意思。

It's a quarter to eleven.

差十五分就十一點鐘了！

深入分析

數字＋to＋時間，表示還差這些時間就幾點的意思。

51

It's a small world.

世界真小！

深入分析

世界很小表示容易遇到相識的人，或是事件很容易被散播的意思。

It's about half a mile from here.

離這兒大約半英里。

深入分析

half a＋時間或距離，表示一半的意思。

It's about ten minutes' ride.

大約要十分鐘的車程。

深入分析

ride表示開車的意思。

It's about time.

是時候了！

深入分析

不是「大約時間」的意思，而是暗喻「時候到了，該做某事」的意思。

It's about time for my departure.

我該離境的時間到了。

深入分析

about time for...是時間到了，表示該去做某事的意思。

衍生用法

▶ It's about time to leave.
該離開的時間到了！

It's across from City Hall.

就在市政府對面。

深入分析

A be across from B ，說明A就在B的對面的位置。

52

It's almost noon.

快要中午了。

深入分析

表示時間已經接近中午，almost表示「幾乎、快要」的意思。

衍生用法

▶ It's almost afternoon here now.

這裡現在已經是下午了！

衍生用法

▶ It's almost evening.

已經晚上了！

衍生用法

▶ It's almost dawn.

已經是天亮了！

衍生用法

▶ It's almost dinner time.

已經是晚餐的時間了！

It's already spring.

已經春天了。

深入分析

表示時序已經是春天了！

It's difficult to choose between career and family.

事業家庭難兼顧！

深入分析

between A and B，表示A與B兩者之間，可以是無形或有形之間的抉擇或方位。

衍生用法

▶ It's between the school and the post office.
就在學校和郵局之間。

It's awful.

真糟糕！

深入分析

awful是表示「糟糕」，可以形容天氣、身體、日子等。

It's an awful day.

真是糟糕的一天。

深入分析

awful若是形容時光，表示糟糕的時段。

52

It's been a long time.

時間過得真快！

深入分析

表示時間飛逝，或是時間過得好久的意思。

It's been very nice talking to you.

和你談話真是太好了。

深入分析

be nice＋動名詞，表示能夠做某事是很好的意思。

It's better than nothing.

有總比沒有好！

深入分析

表示聊勝於無的意思。

It's chilly.

冷颼颼的！

深入分析

it's＋天氣形容詞，說明今天或現在天氣的狀況。

衍生用法

▶ It's cold.

天氣很冷！

衍生用法

▶ It's dry.

天氣乾燥！

衍生用法

▶ It's windy.

風很大！

衍生用法

▶ It's foggy.

起霧了！

衍生用法

▶ It's humid.

天氣是潮濕的！

衍生用法

▶ It's raining now.

現正在下雨。

衍生用法

▶ It's freezing today.

今天冷死了！

● **It's bitterly cold today.**

今天特別冷。

深入分析

bitterly 非常地、激烈地的意思。

53

It's bleeding.

流血了！

深入分析

受傷流血的意思。

It's early.

還很早！

深入分析

表示時間還很充裕、還很早、不用急的意思。

衍生用法

▶ It's late.

遲到了！

It's eight on five.

是八點五分。

深入分析

前方數字表示鐘點，後面表示分鐘。

衍生用法

▶ It's eight forty-five.

是八點四十五分。

衍生用法

► It's eleven forty a.m.

上午十一點四十分。

It's fifteen after three.

是三點十五分。

深入分析

A after B，表示過了鐘點（B）幾分鐘（A）的意思。

It's exactly ten o'clock.

剛好十點鐘整。

深入分析

表示剛好是某個鐘點的意思。

It's essential.

是有必要的！

深入分析

essential是需要的意思。

53

It's seven o'clock sharp.

是七點整。

深入分析

sharp是強調整點鐘的意思。

It's far away from here.

離這裡很遠。

深入分析

A be far away from B，表示A距離B很遠的意思。

It's getting cloudy.

雲越來越多了。

深入分析

be getting＋形容詞，表示越來越…的意思，可以形容時間、時光、溫度、氣候、情況等。

衍生用法

▶ It's getting late.
時候不早了！

衍生用法

▶ It's getting worse.
越來越糟糕了！

It's getting warmer day by day.

日子越來越暖和了。

深入分析

day by day 強調「一天比一天還…」的意思。

It's going pretty well.

很順利。

深入分析

go well 表示進行順利的意思。

It's going to be over soon.

事情很快就會過去的。

深入分析

be over 表示結束的意思。

衍生用法

► Spring is almost over.

春天就快結束了！

54

It's going to happen.

事情百分百確定了。

深入分析

字面意思是將會再發生，也就是事情百分百確定的意思。

It's going to rain soon.

很快就會下雨。

深入分析

soon表示頃刻之間，時間發展是很迅速的。

It's hard to say.

這很難說！

深入分析

表示事件很難判斷或做出結論的意思。

It's horrible.

真恐怖！

深入分析

多半是說明情境氛圍是令人感到害怕的意思。

It's impossible.

不可能！

深入分析

表示發生的機率很低的意思。

衍生用法

▶ It's absolutely impossible.
這絕對不可能。

It's in front of the school.

就在學校前面。

深入分析

be in front of 表示位置就在某物的前面。

It's in time.

即時。

深入分析

in time 表示時間剛剛好趕上，沒有太早也沒有太早的意思。

It's on time.

剛好準時。

深入分析

on time 是表示分秒不差剛好準時的意思。

54

It's just two blocks away.

離這兒有兩個街區。

深入分析

距離＋away，表示多少距離遠的意思。

It's May first.

是五月一日。

深入分析

說明日期是月份＋日期。

衍生用法

▶ It's the fifteenth of May.

是五月十五日。

It's mid-night.

午夜十二點鐘。

深入分析

表示半夜的意思。

It's my fault.

是我的錯！

深入分析

將責任的歸屬攬在自己身上的意思。

It's my pleasure to meet you.

能認識你是我的榮幸。

深入分析

認識新朋友時所說的客套語。pleasure是榮幸。

It's my turn.

輪到我了！

深入分析

someone's turn表示現在的順序是換某人上場、使用、表現的意思。

It's next to the school.

就在學校旁邊。

深入分析

be next to＋地點，表示位置就在某地點的旁邊。

It's no big deal.

沒什麼大不了的！

深入分析

表示不用太大驚小怪的意思。

55

It's no trouble at all.

一點也不麻煩的。

深入分析

表示所做的事不會造成困擾。at all是指完完全全、絕對。

It's none of your business!

你少管閒事！

深入分析

字面意思為沒有你的事業，表示希望對方不要插手的意思。

類似用法

▶ None of your business!
你少管閒事！

It's not far.

不遠了！

深入分析

表示距離很近的意思。

It's not the end of the world!

又不是世界末日！

深入分析

表示還是有希望、不會太糟糕的意思。

It's not the point.

這不是重點。

深入分析

表示重點被忽略了，希望能重新正視問題點。

It's not too late yet.

還不會太晚！

深入分析

yet是尚未，強調就現在來說，時間上還很充裕，不會太遲或太晚的意思。

It's not your fault.

不是你的錯。

深入分析

安慰對方不要自責的意思。

55

It's nothing.

沒事！

深入分析

表示事情都還在控制中，沒有任何的嚴重性，或是沒有什麼大不了的意思。

It's nothing serious.

沒什麼大不了的！

深入分析

字面意思是沒有事情是嚴重的，也就是表示情況並不嚴重，不用過度擔心！

It's OK.

沒關係！還好！

深入分析

可以說明情況穩定，接受對方致歉、道謝的回應語句。

It's on me.

我請客。

深入分析

表示自己做東的意思。

It's on my route.

我正好有路過。

深入分析

表示順路，就在自己的行程範圍內。

It's on the opposite of it.

就在它的對面。

深入分析

opposite是強調方位就在it的「正對面」，it可以是任何地點的意思。

It's on the right side.

就在右邊。

深入分析

right 是正確的，也是右邊的意思

類似用法

▶ It's on your right side.
就在你的右手邊。

衍生用法

▶ It's on the right side of the school.
就在學校的右邊。

衍生用法

▶ It's on the left side.
就在左邊。

56

It's one forty p.m.

下午一點四十分。

深入分析

p.m.是下午的意思，a.m.則是上午的意思。

衍生用法

▶ It's nine a.m.

早上九點鐘。

It's only a shower.

只是小雨。

深入分析

shower是淋浴，也是下小雨的意思。

It's over between us.

我們之間是不可能的！

深入分析

表示兩人之間不會擦出愛的火花或是不會再繼續交往的意思。

It's over.

事情結束了！

深入分析

表示所有的事情都告一段落了！

衍生用法

▶ It's all over now.
現在一切都結束了！

It's pretty close.

很近！

深入分析

強調非常近的意思，可以是距離、猜測的結果…等。

It's rather windy today.

今天風真大。

深入分析

rather 是強調，表示「非常」的意思。

衍生用法

▶ It's windy this afternoon.
今天下午風很大！

56

It's very hot today.

今天非常熱！

深入分析

表示今天的氣溫溫度很高。

衍生用法

▶ It's warm day.
天氣暖和。

It's really helpful.

很有幫助！

深入分析

helpful是指「有幫助的」。

It's really nice of you.

你真是太好了！

深入分析

讚美對方的意思，通常是用在感謝的情境中。

類似用法

▶ It's very kind of you.
你真是好心！

It's ridiculous.

真是荒謬！

深入分析

表示情況不可思議的意思。

It's snowing heavily.

雪下得很大。

深入分析

heavily 是強調雪量驚人的意思。

衍生用法

▶ It's snowing.
下雪了！

It's such fun!

真好玩！

深入分析

表示度過了一段快樂的時光。

57

It's Sunday.

是星期天。

深入分析

說明星期的日期。

衍生用法

▶ It's Monday.
是星期一。

衍生用法

▶ It's Tuesday.
是星期二。

衍生用法

▶ It's Wednesday.
是星期三。

衍生用法

▶ It's Thursday.
是星期四。

衍生用法

▶ It's Friday.
是星期五。

衍生用法

▶ It's Saturday.
是星期六。

It's terrible.

真糟糕！

深入分析

表示情況不佳的意思。

It's tomorrow.

就是明天！

深入分析

表示說明時間點是明天。

It's too bad.

太可惜了！

深入分析

too bad 字面意思是「太差」，有惋惜的意味。

It's too good to be true.

不敢置信是真的！

深入分析

too... to...表示太…以致於無法…的意思。

衍生用法

▶ It's too late to go there.
現在要過去太晚了。

57

It's urgent!

事情很緊急！

深入分析

表示事態緊急，必須把握時間的意思。

It's very kind of you to help.

你來幫我真是太好了。

深入分析

感謝對方能夠提供幫助的謝詞。

衍生用法

▶ It's very nice of you to come.
你能來真是太好了！

衍生用法

▶ It's very nice of you to say so.
你能這麼說真是好！

It's what I mean.

我就是這個意思。

深入分析

強調這就是自己的意思無誤。

It's worth a shot.

那值得一試！

深入分析

表示願意冒險一試或值得嘗試的意思。

Just a minute, please.

請等一下。

深入分析

表示只會佔用一秒鐘的時間，說明時間很快、不花太多時間的意思。

Just a thought.

這只是我的一個想法。

深入分析

表示單純說出自己的想法提供參考的意思。

Just call me David.

叫我大衛就好了。

深入分析

和剛認識的朋友自我介紹的親切用語。

58

Just fine.

還不錯！

深入分析

回應對方的問候（例如How are you?），表示普通，沒有大好也沒有大壞。

衍生用法

▶ Just fine. Thanks.
還好，謝謝。

Just tell me.

直接告訴我吧！

深入分析

催促對方繼續說，或直接告知自己的意思。

Just the thing.

正好是所需要的。

深入分析

表示剛好就是符合需要的情境。

Keep going.

繼續。

深入分析

鼓勵對方繼續說或繼續做某事的意思。

Keeping busy now?

現在在忙嗎？

深入分析

詢問對方目前是否正在忙，通常接下來自己有話要說或麻煩對方。

Leave it to me.

交給我來辦就好。

深入分析

表示自己可以處理眼前的這些事，請對方不用擔心。

58

Leave me alone.

讓我一個人靜一靜。

深入分析

要對方不要理睬你、讓你自己一個人靜一靜的意思。

類似用法

▶ Just leave me alone!
不要理我！

Let go of me!

放開我！

深入分析

被人抓住時的呼喊！

Let me drive you home.

讓我開車載你回家。

深入分析

drive someone home 表示載某人回家的意思。

Let me give you a hand.

我來幫你吧！

深入分析

give someone a hand 字面意思是給某人一隻手，表示協助某人的意思。

Let me help you with it.

讓我來幫你的忙。

深入分析

help someone with something 表示針對特定事件提供協助，with 後面接要協助之事。

Let me help you.

我來幫你。

深入分析

主動提供協助的意思。

Let me introduce myself.

讓我自我介紹。

深入分析

自我介紹的的常用語。

59

Let me see for you.

我幫你看看！

深入分析

表示代替對話方檢查、確認。

Let me see if he is available.

我看看他現在有沒有空。

深入分析

通常適用在代接電話或接待訪客時使用。

衍生用法

▶Let me see if she is in.
讓我確認她在不在。

Let me see.

讓我想想。

深入分析

表示自己現在還無法做決定，必須再給點時間思考一下。

Let me take a look at it.

我看一下這個！

深入分析

表明自己要先看一下某資料以確認的意思。

Let me try.

讓我試一試！

深入分析

表示願意嘗試的意思。

Let me write it down.

我來寫下。

深入分析

write something down是寫下、記下某事的意思。

Let's back up. Where was I?

話說回來，我說到哪了？

深入分析

表示先前說話時被打斷，現在要重新回到話題的意思。

59

Let's call it a day.

今天就到此為止吧！

深入分析

表示工作或在忙的事告一個段落，可以休息或暫時結束的意思。

Let's change the subject.

我們換個話題吧！

深入分析

表示不願意再繼續這個話題，是轉移話題的好方法。

Let's do it all day long.

我們一整天都這麼做吧！

深入分析

表示願意一整天都做某件事的意思。

Let's do lunch.

我們一起去吃午餐吧！

深入分析

do lunch是表示吃午餐的意思。

Let's get it straight.

我們坦白說吧！

深入分析

get it straight表示坦白、不要拐彎抹角的意思。

Let's get something to eat.

我們找點東西吃吧！

深入分析

get在這裡是尋找，也可以是購買的意思。

Let's get together sometime.

有空聚一聚吧！

深入分析

get together是聚餐、聚會的意思。

類似用法

▶ Let's get together again soon.
我們盡快再找個時間聚一聚。

60

Let's go Dutch.

各付各的！

深入分析

go Dutch是指各自付各自的費用的意思。

Let's go get it.

我們去逮它吧！

深入分析

go get something是指去抓取某物的意思。

Let's go home.

我們回家吧！

深入分析

go home是指回家的意思。

Let's go.

我們走吧！

深入分析

通常適用在出發時，吆喝大家一起行動時使用。

Let's keep in touch.

保持聯絡。

深入分析

keep in touch 就是保持接觸，也就是希望能夠和道別者保持密切的聯絡。

類似用法

▶ Keep in touch.
保持聯絡。

衍生用法

▶ Don't forget to keep in touch.
別忘了要保持聯絡。

衍生用法

▶ We'll keep in touch.
我們要保持聯絡！

Let's take a coffee break, shall we?

我們休息一下，喝杯咖啡好嗎？

深入分析

take a break 是指休息一下的意思。

60

Life is miserable.

日子過得很辛苦。

深入分析

表示日子很難熬的意思。

Long time no see.

好久不見！

深入分析

表示兩人好長一段時間不曾見面的意思。

Look at this mess!

看看這爛攤子！

深入分析

look at不一定真的要看的動作，而是帶有看好戲的意思。

衍生用法

▶ Look at the mess you've made!
看你你搞得一團糟！

Look out!

小心點！

深入分析

不是向外看，而是提醒小心、注意的意思。

Look! Don't blame your-self.

聽著，別自責了！

深入分析

這裡的Look!是要對方聽好的意思，而不是要對方看的意思。

Look! Here comes John.

看，約翰來了。

深入分析

這裡的Look! 則表示「你瞧瞧…」的意思。

61

Looks like they don't want to come back.

看起來他們不想回來！

深入分析

looks like...表示猜測的意思，代表似乎…的意思，全文應為It looks like...。

Looks like you are!

看起來你的確是。

深入分析

肯定對方的狀況的確是如他所言。

Looks like you're feeling very down!

看起來你的心情是不太好！

深入分析

feel down就是心情盪到谷底的意思，表示心情很差。

Make yourself at home.

請自便！

深入分析

表示就像在家裡一樣自在，也就是請自便的意思。

Man!

我的天啊！老兄！

深入分析

不是呼叫男生，而是指訝異的嘆息、訝異聲！

May I ask the time?

請問現在幾點鐘？

深入分析

ask the time是指詢問幾點鐘的意思。

May I ask who is calling?

請問您是哪一位？

深入分析

通常適用在接電話時，詢問來電者姓名的用法。

61

May I borrow some money?

我能借一些錢嗎？

深入分析

表示向對方借錢，就用 borrow money 的意思。

May I have your MSN account?

可以給我你的 MSN 帳號嗎？

深入分析

have something 是指擁有的意思，也就是請對方提供的意思。

May I help you?

需要我幫助嗎？

深入分析

主動提供幫助的禮貌用語。

May I leave a message?

我可以留言嗎？

深入分析

要求對方代為記下自己的訊息或電話留言的意思。

Maybe it will help.

也許會有幫助。

深入分析

表示某事物或這件大家在討論的事情可能有幫助、解決的意思。

Maybe tonight.

也許就是今晚！

深入分析

表示時間可能就在今晚的意思。

Maybe you're right.

也許你是對的！

深入分析

表示對方的言論有非常大的機會是正確的。

Me, too.

我也是！

深入分析

表示自己也是如此的意思，多半適用在肯定句。

62

Merry Christmas!

耶誕快樂！

深入分析

佳節祝賀的的用語。

Mind your own business.

你少管閒事！

深入分析

mind表示在意的意思，也就是管好你自己的事（own business）不要管其他事。

My favorite actor is David.

我最喜歡的演員是大衛。

深入分析

favorite名詞，表示最喜歡的人、事或物等。actor是男性演員，女性演員則為actress。

衍生用法

▶ My favorite composer is Mozart.
我最喜歡的作曲家是莫札特。

衍生用法

▶ My favorite painter is Picasso.
我最喜歡的畫家是畢卡索。

衍生用法

► My favorite poet is Tim Washington.
我最喜歡的詩人是提姆・華盛頓。

衍生用法

► Spring is my favorite season.
春天是我最喜歡的季節。

My foot is killing me.

我的腳痛死了。

深入分析

腳很痛，痛到要死了，就用 kill 這個動詞。

My God.

我的天啊！

深入分析

字面意思「我的上帝」，也就是中文「我的天啊」的意思，是驚呼語。

類似用法

► Oh, my goodness.
喔，天啊！

類似用法

► Oh, my gosh!
喔，天啊！

62

My heart is pounding.

我心跳得很厲害。

深入分析

心跳是用pound這個單字。這句話可以適用在自己很緊張的情境中。

My nose is running.

我流鼻水。

深入分析

nose is running字面意思是「鼻子在跑步」，也就是流鼻水的意思。

My only hobby is reading.

我唯一的興趣是閱讀。

深入分析

reading是閱讀的意思。

衍生用法

▶ Reading is my hobby.
閱讀是我的興趣。

My pleasure.

我的榮幸。

深入分析

通常在認識新朋友的情境，例如當對方說很高興能認識你時，你就可以回覆My pleasure，客套用語，表示能認識你才是我的榮幸。全文為It's my pleasure.

My telephone was disconnected.

我的電話斷線了！

深入分析

表示電話線路不通（disconnected）的意思。

My watch says it's six o'clock.

我的手錶現在是六點鐘。

深入分析

這句的say不是「說」的意思，而是指「顯示」的意思。

63

My watch seems to be slow.

我的錶好像慢了！

深入分析

slow也可以表示鐘錶的時間較慢的意思。

Never better.

再好不過了！

深入分析

字面意思從來沒有比較好，表示非常好的意思。

Never mind.

不要在意！

深入分析

規勸或安慰對方不用在意、不用放在心上的意思。

Nice talking to you.

很高興和你聊天。

深入分析

和對話方聊天後，準備道別時的用語。

Nice to meet you, too.

我也很高興認識你。

深入分析

當對方說很高興認識你時，你就可以回應Nice to meet you, too。

Nice to sec you.

見到你真好。

深入分析

表示很高興看見對方的意思。

Nice weather, isn't it?

天氣很好，不是嗎？

深入分析

表示天氣很好的寒暄用語。

No comment.

無可奉告。

深入分析

字面意思是「不評論」，也就是不願意告訴對方任何內容或評論的意思。

63

No kidding?

不是開玩笑的吧！

深入分析

質疑對方是否是認真或是開玩笑的意思。

No more excuses.

不要再找藉口了！

深入分析

告誡對方不要再找藉口或理由搪塞了。

No more time.

沒時間了！

深入分析

表示時間很緊湊的意思。

No problem.

沒問題！

深入分析

表示答應、不成問題或不客氣的意思。

No way.

想都別想！

深入分析

明白告訴對方不用打這個主意或自己不會這麼做的意思。

No wonder he can win the game.

難怪他能贏得這場比賽。

深入分析

No wonder表示難怪⋯，有恍然大悟的意思。

衍生用法

► No wonder she will like this color.
難怪她會喜歡這顏色。

Not at all.

完全不會！

深入分析

如果對方說麻煩你、會不會麻煩等，就可以回答Not at all，表示不會造成困擾的意思。

64

Not bad.

不錯！

深入分析

表示順利、不錯、表現好或狀況不會太糟糕的意思。 全文為It's not bad.

Not so good.

沒有那麼好。

深入分析

表示沒有想像中好的意思。 全文為It's not so good.

Not too well.

不太好。

深入分析

通常對方關心你的狀況時 (例如How are you?)，你就可以回答Not too well，表示不太好的意思。

類似用法

► Not very well.
不是很好！

Nothing is happening.

沒發生什麼事！

深入分析

沒消息就是好消息，表示一切安然無恙的意思。

Nothing. I'm just asking.

沒事！我只是問問！

深入分析

當你提出問題關心對方的狀況，又不想造成對方困擾時的回答！

Now is the time to fight back.

該是反擊的時候了！

深入分析

fight back是反擊的意思。

Now what should we do?

現在我們要怎麼做？

深入分析

通常適用在大家都無所適從時的情境下的自問。

64

Now you're talking.

這才像話！

深入分析

表示對方如此的言行才是符合期待的意思。

Oh, no.

喔，不會吧！

深入分析

表示發生糟糕、不好的事時的驚呼聲。

Oh, that's great!

喔，太好了！

深入分析

表示讚賞、肯定的意思，但也有反意表示糟糕的意味。

Oh, yeah.

喔，對啊！

深入分析

表示的確如此的意思，若用不屑語氣，則有不認同的意味。

Oh, you are so dead!

喔，你死定了！

深入分析

表示對方糟糕了，而你自己等著看好戲的意思。

Pardon?

你說什麼？

深入分析

沒聽清楚對方所言時，就可以說Pardon?請對方再說一次。

Personally, I like pop music better.

我個人更喜歡流行音樂。

深入分析

表示就我個人來說，我的觀點是…的意思。

Please accept my apology.

請接受我的道歉。

深入分析

致歉的正式用語。

65

Please call again any time you like.

你時都可以打電話給我。

深入分析

any time you like表示「任何時段隨你高興」的意思。

Please call me David.

請叫我大衛。

深入分析

客氣地告知對方如何稱呼自己，表示不用太嚴肅的意思。也可以說Just call me...。

Please don't worry about that.

請別為此事擔心。

深入分析

要對方放心，那件事（that）不會有問題的意思。

Please forgive me.

請原諒我。

深入分析

直接要求對方原諒自己的意思。

Please give my best regards to your family.

請幫我向你的家人問好。

深入分析

give my best regards to someone 表示代替我向某人問好的意思。

Please remember me to your family.

請代我向你的家人問好。

深入分析

remember me to someone 表示代替我向某人問好的意思。

類似用法

▶ Please remember me to your parents.
請代我向你的父母問好。

65

Please say hello to David for me.

請幫我向大衛打招呼。

深入分析

代替向某人問好的口語化用法。

Please, don't tease me.

拜託不要嘲笑我！

深入分析

tease是嘲笑的意思。

Pretty good.

很好！

深入分析

表示讚賞、肯定的意思。

Promise?

你敢保證？

深入分析

表示質疑對方所言，並要求對方提出保證的意思。

Rats!

可惡！

深入分析

咒罵發生不好的事時使用。

Really?

真的嗎？

深入分析

表示不敢相信所聽、所看或所知的事

Safe flight.

旅途平安！

深入分析

對即將有遠行者的祝福。

類似用法

► Safe trip.
旅途平安！

66

Same as always.

老樣子！

深入分析

回應對方的問候，表示自己都沒有太大變化，而對方也瞭解你平常是如何的狀況。

類似用法

►Same as usual.
和平常一樣。

Say again?

你說什麼？

深入分析

直接要求對方再說一次的意思。

Say no more.

不要再說了！

深入分析

希望對方住口、不要再說、我明白了的意思。

Say something.

說說話吧！

深入分析

希望對方不要不說話，應該要提出一些建議的意思。

See you.

再見！

深入分析

字面意思是看見你，是道別的常用語。

See you again next week.

下星期再見！

深入分析

特定日期彼此會再見面的意思。

衍生用法

► See you tomorrow.

明天見！

衍生用法

► See you Sunday.

星期日見！

66

See you around.

待會見！

深入分析

道別的常用語，也有可能是稍候會再見的意思。

衍生用法

▶ See you later.
待會見。

See you at 10 o'clock.

十點鐘見。

深入分析

特定時間彼此會再見面的意思。

See you at the lounge.

大廳見。

深入分析

約定特定地點再見面的意思。

See you next time.

下次見！

深入分析

道別的常用語，但不一定會再見面的意思。

See you soon.

再見。

深入分析

道別常用語，但不一定是會馬上見面的意思。

See?

看吧！

深入分析

不一定是真的「看見」的意思，也有暗喻「你瞭解嗎？」或是反諷對方表示我警告過你了的意思。

Shall I help you to make the bed?

我來幫你整理床吧！

深入分析

make the bed是常用片語，表示整理床鋪。

67

Shall I take a taxi?

我應該要搭計程車嗎？

深入分析

take a taxi是慣用語，表示叫一部計程車來搭的意思。

Shall we?

要走了嗎？

深入分析

詢問對方，我們是否可以動身離開的意思。

Shame on you!

你真丟臉！

深入分析

咒罵對方不要臉、不可取的意思。

She finally agreed to give up smoking.

她最終同意戒煙。

深入分析

finally表示到頭來終於…的意思。

She passed away.

她去世了。

深入分析

pass away是過世的意思。

She passed out.

她暈過去了。

深入分析

pass out是暈厥過去、失去意識的意思。

She seems to be a nurse.

她看起來像個護士。

深入分析

seem to be...表示似乎是…，具有猜測的意思。

She'll be badly hurt!

她會很傷心！

深入分析

badly是嚴重的意思。

67

She's a great cook!

她是個好廚師。

深入分析

cook是廚師的意思。

She is my wife Tracy.

她是我的太太崔西。

深入分析

介紹自己的太太給他人認識。

衍生用法

▶ He is my husband.
他是我先生。

She's pretty, caring, and easy-going.

她很漂亮、關心人而且很好相處。

深入分析

easy-going是好相處的意思。

Shit!

狗屎！糟糕！

深入分析

表示遇到不如意、不順利或運氣差時的咒罵語。

Should I change my diet?

我需要改變飲食嗎？

深入分析

change diet是改變飲食習慣的意思。

Show us.

秀給我們看啊！

深入分析

表示要對方做出示範的意思，有質疑對方的意味。

Shut up!

少囉唆！

深入分析

要對方不要再說話、安靜、閉嘴的意思。

68

Since when have you been feeling like this?

你是從什麼時候起有這種感覺的？

深入分析

since when...表示自何時開始的意思。

Sit down, please.

請坐。

深入分析

請對方坐下的意思，是屬於禮貌式的請對方坐下。

So far so good.

目前為止還可以。

深入分析

表示截至目前為止都還普普通通的意思。

So what?

那又怎麼樣？

深入分析

反問對方「那又如何」，表示無奈、不認同的意思。

So you decided to go with her?

所以你決定和她一起去？

深入分析

so放在句首具有下結論的意味。

So?

你覺得呢？

深入分析

疑問句用法，表示要對方繼續說明的意思，也有不認同的質疑立場：「所以呢！」

Something wrong?

有問題嗎？

深入分析

詢問對方是否還有問題的意思，全文為"Is there something wrong?"

Son of a bitch.

狗娘養的！

深入分析

咒罵對方不是人的意思。

68

Sorry for being late.

對不起，我遲到了。

深入分析

sorry for...後面接致歉的原因，通常為動名詞或名詞。

衍生用法

▶ Sorry for interrupting your talk.
抱歉打斷各位的談話。

衍生用法

▶ Sorry for this.
我為此感到抱歉。

Sorry to have kept you waiting.

抱歉讓你久等了。

深入分析

sorry to後面接抱歉造成某事的意思。

Sorry, not right now.

抱歉，現在不行。

深入分析

表示無論要做什麼事，現在都不是個好時機的意思。

So-so.

馬馬虎虎。

深入分析

回應對方的關心，表示情況差強人意的意思。

Speaking.

請說。

深入分析

電話用語，表示自己就是受話方，要對方繼續講電話的意思。

Spit it out.

話要說出來！

深入分析

鼓勵對方發言、不要隱藏的意思。

Still the same.

還是一樣。

深入分析

回應對方個關心，表示自己的狀況和以前一樣，前提是對方必須大概瞭解你以前的狀況。

69

Sucks!

真是爛透！

深入分析

舉凡人事物，只要符合糟糕、差勁、不順人意，都可以說Sucks!，類似中文的糟糕、爛斃了！

Suit yourself.

隨便你！

深入分析

表示不在意，隨意對方決定怎麼做都可以的無奈。

Sure.

好啊！

深入分析

認可、同意的回應，也有當然如此的意思。

Swell.

真棒！

深入分析

表示讚賞的意思。

• Take a deep breath.

先深呼吸一下！

深入分析

祈使句，具有安撫作用。深呼吸的動詞要用take。

• Take a seat.

請坐。

深入分析

字面意思是「拿一張座位」，也就是請對方坐下的意思，比較是口語的隨意用法。

• Take care.

你要保重！

深入分析

take care表示照料的意思，通常是道別前的用語。

類似用法

▶ Take care of yourself, my friend.

我的朋友，請保重！

69

Take care and good-bye.

保重，再見了。

深入分析

道別用語，並希望對方珍重再見。

Take it easy.

放輕鬆點！

深入分析

勸對方要放鬆心情、冷靜下來或不要緊張的意思。

Take it or leave it.

要就接受，不然就放棄。

深入分析

有點無奈的建議，勸對方面對問題，不然就不要理會的意思。

Take my advice.

聽聽我的建議。

深入分析

勸對方接受你的意見。

Take the second right.

在第二個可左轉的地方右轉。

深入分析

表示在第二個可右轉的地方右轉。

Take your time.

慢慢來不要急。

深入分析

表示時間還很充裕，可以慢慢處理、不用急的意思。

類似用法

► Take as much time as you need.
不用擔心時間，你慢慢來！

Tell him to send me a card.

告訴他寄卡片給我。

深入分析

tell someone to do something表示請某人(someone)去做某事(do something)的意思。

70

Tell me how to use it.

告訴我如何使用。

深入分析

向對方求救，請求告知如何使用（how to use）的意思。

Tell me what you think.

告訴我你在想什麼。

深入分析

鼓勵對方說出心裡的想法。

Thank God.

謝謝上帝！

深入分析

發生好事、解決問題、避免災難…等，都可說感謝上帝！

Thank you.

謝謝！

深入分析

感謝的簡單用語。

類似用法

▶ Thanks.
多謝！

Thank you all the same.

還是得謝謝你。

深入分析

表示不管你是否有提供幫助，還是要向你致謝的意思。

Thank you anyway.

總之還是要感謝你。

深入分析

適用雖然對方無法提供協助，最後自己仍要感謝對方的意思。

Thank you for all you have done for me.

謝謝你為我做的一切。

深入分析

感謝對方為你所做的事。

70

Thank you for asking.

謝謝關心。

深入分析

thank you for＋動名詞，表示要感謝的原因。
asking表示「詢問」、「關心」 的意思。

類似用法

▶ Thank you for your concern.
謝謝你的關心。

衍生用法

▶ Thank you for calling.
謝謝你打電話。

衍生用法

▶ Thank you for coming.
謝謝你的來訪。

衍生用法

▶ Thank you for helping me.
謝謝你幫我。

衍生用法

▶ Thank you for listening.
感謝你聽我傾訴。

Thank you for everything.

謝謝所有的事。

深入分析

thank you for＋名詞，同樣表示要感謝的原因，everything 表示「要感謝的事，這一整件事就不再贅述了！」

Thank you for making me become interested in English.

感謝你讓我變得對英文有興趣。

深入分析

make someone 表示「造成某人…」 的意思。

衍生用法

▶ Thank you for making me calm down in time!
感謝你讓我及時冷靜下來。

衍生用法

▶ Thank you for making me feel confident.
感謝你讓我覺得有自信。

衍生用法

▶ Thank you for making me feel important.
感謝你讓我覺得很重要。

71

衍生用法

▶ Thank you for making me feel needed.
感謝你讓我覺得被需求。

衍生用法

▶ Thank you for making me feel so comfortable.
感謝你讓我覺得自在舒服。

衍生用法

▶ Thank you for making me feel so loved.
感謝你讓我覺得被愛。

衍生用法

▶ Thank you for making me feel welcome.
感謝你讓我覺得受歡迎。

• Thank you for making me breakfast every morning.

感謝你每天幫我做早餐。

深入分析

make someone＋餐點，表示「幫某人做餐點」的意思。

• Thank you for telling me.

謝謝你告訴我。

深入分析

感謝對方透露訊息、告知的意思。

Thank you for the compliment.

多謝讚美。

深入分析

當對方不吝嗇讚美時，你就要感謝對方的欣賞。

Thank you for the delicious dishes.

感謝你的佳餚。

深入分析

表示感謝對方提供美味餐點的意思。

Thank you for waiting.

謝謝你等這麼久。

深入分析

感謝對方久候的意思。

Thank you for your help.

謝謝你的幫忙。

深入分析

感謝提供協助的意思。

71

Thank you for your patience.

謝謝你的耐心。

深入分析

感謝對方願意有耐心做某事的意思。

Thank you for your time.

感謝撥冗。

深入分析

感謝對方空出時間做某事的意思。

Thank you very much.

非常感謝你。

深入分析

非常感謝對方的常用語句。

類似用法

▶ Thank you so much.
非常感謝你。

Thanks a lot.

多謝了！

深入分析

感謝的口語化用法。

Thanks for asking me out.

感謝你約我出來。

深入分析

ask someone out是邀約某人外出或約會的意思。

Thanks for saying so.

感謝你這麼說。

深入分析

感謝對方提出的言論或說詞的意思。

類似用法

► Thank you very much for saying so.
非常感謝你這麼說。

Thanks for your kindness.

謝謝你的好心。

深入分析

感謝對方的好心腸或貼心的意思。

72

Thanks to you and your family.

謝謝你及你的家人。

深入分析

通常是感謝對方以及其家人提供的協助。

衍生用法

► Thanks to you and your staff.
謝謝你及你的員工。

Thanks to you.

多虧你！

深入分析

字面是感謝你，但也有多虧你或都是你害的這二種弦外之音！

That serious?

這麼嚴重？

深入分析

表示事前不知道事情的發展會是如此的嚴重。

That's absurd!

這太荒謬！

深入分析

表示不可思議、荒謬的意思。

That's all right.

沒關係！

深入分析

表示同意、無所謂的意思，也有不用擔心之意。

That's all that matters.

這很重要！

深入分析

表示那件事情非常重要、有關係的意思。

That's already history.

那是過去式了！

深入分析

表示那是以前的事，希望不要再提起的意思。

72

That's an attractive plan.

這是很棒的計畫！

深入分析

表示計畫很令人讚賞的意思。

That's exactly what I was thinking!

那正是我所想的！

深入分析

表示對方有正確解讀自己的想法的意思。

That's good.

太好了！

深入分析

表示事情順利的意思。

That's it.

夠了！

深入分析

表示「到此為止」，不要再多說廢話的意思。

That's my opinion, too.

這也是我的意見。

深入分析

表示自己的想法和對方的想法是一致的。

That's news to me.

我沒聽過這回事！

深入分析

對我來說是新聞，表示自己第一次聽聞這件事。

That's not what I mean.

我不是這個意思！

深入分析

表示對方誤會自己的意思了！

That's ridiculous!

這太荒唐了！

深入分析

表示荒唐、令人不解的意思。

73

That's right.

沒錯！

深入分析

表示正確無誤的意思。

That's exactly right!

那對極了！

深入分析

強調非常正確、無誤的意思，exactly表示絕對地。

That's very kind of you.

你真好！

深入分析

表示對方很貼心的意思。

That's what you say.

那只是你說的。

深入分析

表示那只是對方單一的想法，不代表你的意見。

That's what you're always telling us.

你總是這麼告訴我們。

深入分析

表示對方一直以來的言論沒有改變。

The bad news got them down.

壞消息使他們很沮喪。

深入分析

get someone down 表示令人沮喪的意思。

The event was put off because of rain.

活動因天雨而延遲。

深入分析

be put off 表示被取消的意思。

衍生用法

▶ The meeting will be put off till tomorrow.
會議將延遲至明天。

73

The line is busy.

電話占線中。

深入分析

line是指電話線路，busy是有人正在講電話的意思。

The pleasure is mine.

這才是我的榮幸！

深入分析

若對方說是我的榮幸…（It's my pleasure to...）或直接說我的榮幸（My pleasure），為了回應對方的客套用語，你就可以說："The pleasure is mine."，表示這其實才是我的榮幸的意思。

The theater is booked up.

劇院已經客滿了！

深入分析

book up是指座位或時段已經客滿的意思。

衍生用法

▶ This week is booked up.

這週時間已排滿了。

The traffic is crawling.

交通真是塞啊！

深入分析

表示交通狀況很差的意思。

The traffic jam couldn't be worse.

交通阻塞真是糟透了。

深入分析

couldn't be worse字面意思「不能糟糕」，也就是很糟糕的意思。

The weather is terrible.

天氣糟透了！

深入分析

天氣糟糕也可以用 terrible形容。

There's nothing to worry about.

沒什麼好擔心的！

深入分析

表示沒有什麼好擔心的，是一種安慰的語句。

74

There's a car accident ahead.

前面有車禍！

深入分析

ahead是指前方有…的意思。

There's no doubt about it.

毫無疑問。

深入分析

no doubt是指不用懷疑，也就是無庸置疑的意思。

There's nothing to lose.

沒什麼損失！

深入分析

表示既然沒有任何損失，就大膽放手去做某事的意思。

There's something weird.

事情很詭異！

深入分析

表示事情有蹊蹺，值得懷疑的意思。

They are a couple.

他們是一對。

深入分析

couple可以是情侶或配偶的意思。

They are Mr. and Mrs. Smith.

他們是史密斯夫婦。

深入分析

Mr. and Mrs.＋姓氏，表示是某某先生和太太的意思。

They are my parents.

他們是我的父母。

深入分析

they are...是介紹場合的用語，表示說明被介紹者（他們）的身份。

74

They had a quarrel yesterday.

他們昨天吵了一架。

深入分析

have a quarrel表示吵架的意思。

They got married in 2008.

他們是二〇〇八年結婚的。

深入分析

get married是指結婚的意思。

They made it at last.

他們終於成功了。

深入分析

at last表示最後、終於的意思。

They played cards to kill time.

他們打撲克牌消磨時間。

深入分析

kill time是指打發時間的意思。

They rather doubt that.

他們懷疑這一點。

深入分析

表示他們不相信某事（that），甚至是持懷疑的態度。

Things do happen.

事情總是會發生的！

深入分析

表示某事在不意外的情況下，是一定會發生的，不足為奇。

This is David speaking.

我是大衛。

深入分析

電話用語，表示接電話者報上姓名（David），請對方直言的意思。

類似用法

▶ This is David.
我就是大衛。

75

This is Joe calling for John.

我是喬，打電話來要找約翰。

深入分析

電話用語，來電者直接報上姓名（Joe），for後面接來電找的人。

This is he.

我就是本人。

深入分析

電話用語，表示接電話者就是來電者要找的人。he是男性受話方，she則是女性受話方。

衍生用法

▶ This is she.
我就是（女性）本人。

This is my business card.

這是我的名片。

深入分析

遞名片給對話方的自我介紹用語。

Time for bed.

上床的時間到了。

深入分析

字面意思是「時間給床」，表示是時間上床睡覺的意思。

Time is up.

時間到了。

深入分析

表示預定的時間已經到了的意思。

Time to go home.

回家的時間到了！

深入分析

time to＋原形動詞，表示該是做某事的時間到了的意思。

衍生用法

▶ Time to say good-bye.
該說再見了！

衍生用法

▶ Time to sleep.
該睡覺了！

75

Today is my day.

我今天很順利。

深入分析

字面意思是「今天是我的日子」，也就是今天一切都很順利的意思。

Too late.

太慢了！

深入分析

表示太遲了、太晚了、來不及的意思，全文為It's too late.

Tough luck, but shit happens.

真倒霉，但還是發生了。

深入分析

shit是排泄物，在此指壞運氣的意思，表示糟糕的事到頭來還是發生了！

Joe is one of my friends.

喬是我的一位朋友。

深入分析

one of＋名詞複數，表示是眾多者的其中一個。

衍生用法

▶ She is one of my students.
她是我的一位學生。

Try again.

再試一次吧！

深入分析

表示鼓勵對方不要放棄，再給自己一次機會。

Try me.

說來聽聽。

深入分析

字面意思是「試我」，但其實是鼓勵對方說出來、告訴你，別以為自己一定不會相信的意思。

76

Turn left and you will see it on your right side.

左轉後，在你的右手邊。

深入分析

you will see...通常在指示方向時，提醒對方不會錯過某標誌的意思。

Turn right at the second crossing.

在第二個十字路口向右轉。

深入分析

crossing是十字路口的意思。

Turn right at the second traffic light.

在第二個紅綠燈處右轉。

深入分析

traffic light是紅綠燈的意思。

Up to you.

由你決定。

深入分析

表示決定權在對方，也有「隨便你自己決定」的意思，全文為It's up to you.。

Use your head.

用用腦吧！

深入分析

有點責備對方，要對方自己多多思考的意思。

Wait a minute, please.

請稍等！

深入分析

禮貌性要求對方稍等候的意思。

Wake up.

醒一醒，別作夢了！

深入分析

既是實際要求對方從睡夢中醒來，另一層意思則是要對方不要做白日夢的意思。

76

Wanna come?

要一起來嗎？

深入分析

wanna是want to的口語化說法。

Wanna join us?

要不要一起來？

深入分析

join someone表示參加某人或某團體的聚會或邀約。wanna是want to的口語化說法。

We have both.

我們兩種都有！

深入分析

表示兩種東西都有的意思，前提是雙方正在談已知的二種物品或情形。

We offer a life-time warranty.

我們提供終身的保固。

深入分析

life-time是指長達終身的時間。

We seem to have a bad phone connection.

電話線路不太好！

深入分析

a bad phone connection表示電話線路不佳、容易有雜音的意思。

We usually get off at 5 pm.

我們通常在下午五點鐘下班。

深入分析

get off是指下班的意思。

We were terribly lucky to see you here.

我們很幸運能在此看到你。

深入分析

be lucky to do to something表示能做某事是憑好運氣的意思。

衍生用法

► I'm terribly sorry.
我很抱歉！

77

Welcome.

歡迎！

深入分析

非常適合對待外來的訪客時使用。

Welcome home!

歡迎回家！

深入分析

歡迎離家很久的人回家的意思。

Welcome to our school.

歡迎蒞臨我們的學校。

深入分析

welcome to＋地點，表示歡迎光臨某地的意思。

We'll go for a walk, if you like it.

如果你願意，我們去散散步。

深入分析

go for a walk表示走路散步的意思。

We're having a party to-night.

我們今晚要辦派對。

深入分析

have a party 表示要舉行派對的意思。

We're not seeing each other any more.

我們已經不再見面了！

深入分析

each other 是指彼此、互相的意思。

We're running late.

我們有點晚了！

深入分析

be running late 是指時間太晚了、時間有點不夠的意思。

77

What a bad luck!

運氣真是差！

深入分析

bad luck表示運氣差的意思。

What a beautiful sweater!

好漂亮的毛線衫！

深入分析

what a＋形容詞，表示多麼…的意思。

衍生用法

▶What a pretty necklace!
好美的項鍊！

What a coincidence!

多巧啊！

深入分析

在不期而遇的情境下使用。

What a fine day!

多好的天氣呀！

深入分析

表示天氣暖活、氣候宜人的意思。

衍生用法

▶ What a lovely day.

天氣真好！

What a perfect example.

真是一個絕佳的典範。

深入分析

表示值得他人效法的意思。

What a pity.

真是可惜！

深入分析

表示惋惜的意思。

What a shame!

真是丟臉！

深入分析

咒罵對方不要臉的意思。

78

What a stupid idiot!

真是白癡一個！

深入分析

咒罵對方無知、笨蛋的意思。

What a surprise!

多讓人驚奇呀！

深入分析

發現令人訝異的人事物時的驚嘆語。

What about Friday night?

星期五晚上怎麼樣？

深入分析

What about...是提出建議的用語，後面可接名詞或動名詞。

What are friends for?

朋友是做什麼的？

深入分析

表示朋友就是應該兩肋插刀、互相幫忙的意思。

What are you doing here?

你在這裡做什麼？

深入分析

表示不解為何對方會在此地出現的意思。

What are you going to have tonight?

你今晚要吃什麼？

深入分析

have也代表吃、用餐的意思。

衍生用法

► What do you want to have for dinner?
你晚餐想吃什麼？

衍生用法

► I had a sandwich for breakfast.
我早餐吃三明治。

What are you thinking about?

你在想什麼？

深入分析

詢問對方有什麼想法的意思，thinking about something是對某事的看法或想法。

78

What are your hobbies?

你的嗜好是什麼？

深入分析

表示詢問對方平常都有哪些嗜好的意思。

What are your symptoms?

你的症狀是什麼？

深入分析

當對方不舒服時，就可以這麼詢問。

What brings you to Taipei?

什麼風把你吹來台北？

深入分析

表示訝異對方突然出現在某地的意思，類似中文「什麼風把你吹來某地」。

What can I do for you?

我能為你做什麼？

深入分析

主動提出願意幫忙的意願。

What can I say?

我能說什麼？

深入分析

有一點無奈、不知該如何回應的意思，也就是無話可說。

What date is it today?

今天是幾月幾號？

深入分析

表示詢問今天的日期是幾月幾號的意思。

類似用法

► What is today's date?

今天幾月幾號？

類似用法

► What's the date today?

今天幾號？

What day is it?

今天是星期幾？

深入分析

詢問今天是一週當中的星期幾的意思。

79

What did you eat last night?

你昨晚吃了什麼？

深入分析

表示詢問對方昨晚吃過哪些食物。

類似用法

▶ What did you have last night?
你昨晚吃了什麼？

What did you just say?

你剛剛說什麼？

深入分析

表示沒聽清楚對方說話的內容，而請對方再說一次的意思。

What do you advise?

你有什麼建議？

深入分析

希望對方提出意見的意思。

What do you do for fun?

你有什麼嗜好？

深入分析

表示詢問對方平時多做哪些休閒活動（for fun）的意思。

What do you do?

你從事什麼工作？

深入分析

表示詢問對方的職業或從事的工作的意思。

What do you need it for?

你需要這個做什麼用？

深入分析

詢問對方需要某物的作用。

What do you say?

你覺得如何呢？

深入分析

字面是你是什麼，實際上是想要知道對方的想法。

79

What do you think about this movie?

你覺得這部電影怎麼樣？

深入分析

表示看完電影後有什麼想法。

What do you think of it?

你覺得如何？

深入分析

think of...表示關於某人事物的意見或看法。

衍生用法

▶ What do you think of David?
你覺得大衛人怎麼樣？

衍生用法

▶ What do you think of this book?
你覺得這本書怎麼樣？

What do you usually do during weekends?

週末你通常都做些什麼事？

深入分析

during weekends 表示在週末的這一段時間內。

What do you want me to do?

你要我做什麼？

深入分析

表示詢問對話方期望自己能配合做哪些事的意思。

What does all this have to do with us?

這和我們有什麼關係？

深入分析

have to do with someone表示和某人有什麼關係的意思。

What does the weather forecast say?

天氣預報怎麼說？

深入分析

這裡的say除了是說的動作，也可以表示「顯示…」的意思。

80

What happened?

發生什麼事了？

深入分析

表示有事情發生，而你想瞭解事情的來龍去脈的意思。

What happened to you?

你發生什麼事了？

深入分析

表示當對方明顯看起來有問題時，就可以這麼關心對方。

衍生用法

▶ What happened to him?
他發生什麼事了？

衍生用法

▶ What happened to her?
她發生什麼事了？

衍生用法

▶ What happened to David?
大衛發生什麼事了？

衍生用法

▶ What happened to them?
他們發生什麼事了？

What have I done?

我做了什麼事？

深入分析

表示不知自己曾經做過哪些事的意思。

What he said made me at home.

他的話使我很自在。

深入分析

make someone at home字面意思表示讓某人在家，也就是讓人覺得舒服自在的意思。

What is on your mind?

你在想什麼呢？

深入分析

表示想探知對方的想法的意思。

What is it about?

是有關什麼事？

深入分析

表示關於哪一件事的意思。

80

What is it?

是什麼事？

深入分析

當對方提出協助的要求時，你就可以這麼詢問，表示想知道是何事。

What is the name of the person you are calling?

你要通話的人是什麼名字？

深入分析

電話用語，常見代接電話時的情境。

What is the number you are calling?

你打幾號？

深入分析

電話用語，當你質疑對話方可能撥錯電話時，就可以反問對方。

What is your plan?

你的計畫是什麼？

深入分析

表示想要知道對方有何打算的意思。

What keeps you so busy?

為什麼這麼忙？

深入分析

當對方老是很忙時，你就可以這麼問對方。

What kind of books do you like?

你喜歡什麼類型的書？

深入分析

What kind of...表示哪一種的意思。

衍生用法

► What kind of sports do you like?

你喜歡什麼運動呢？

81

What seems to be the trouble?

怎麼回事？

深入分析

表示發生很棘手的事，你就可以關心發生什麼事的意思。

What shall I do?

我該怎麼辦？

深入分析

表示自己不知道該如何處理或如何反應的意思，希望對方能告知。

What she said is absolutely right.

她所說的完全正確。

深入分析

What someone said...表示某人所說所有的事。

What sort of music do you like?

你喜歡什麼類型的音樂？

深入分析

What sort of和What kind of是類似的片語。

What street am I on?

我在哪一條街上？

深入分析

表示自己迷路，不知身處何方的意思。

What the hell?

搞什麼？

深入分析

What the hell有點類似中文「到底他媽的…」，是非常口語化的說法，有點低俗的意味。

What the hell is going on?

到底發生什麼事？

深入分析

go on是發生、進行的意思。

81

What time do you have?

你知道幾點鐘了嗎？

深入分析

字面意思是「你有什麼時間」也就是詢問幾點鐘的意思。

What time is it now?

現在幾點鐘了？

深入分析

詢問時間的普遍用語。

What time will it be all right?

什麼時間合適呢？

深入分析

be all right表示適合、可以的意思。

What time would be convenient for you?

什麼時間對你合適？

深入分析

be convenient for someone 表示對某人來說是方便的。

What would you like to drink, tea or coffee?

你想喝什麼，茶還是咖啡？

深入分析

詢問對方想喝哪一種飲料，並提出建議。

Whatever!

隨便！

深入分析

表示不在意、都可以的意思。

82

What're you so afraid of?

你在怕什麼？

深入分析

表示不能理解造成對方害怕的原因。

What's even worse, they don't have enough money.

更糟糕的是，他們沒有足夠的錢。

深入分析

what's even worse, ...，表示有比現在這個狀況還要糟糕的事，並於後面會提出說明。

What's for dinner?

晚餐吃什麼？

深入分析

字面意思是「什麼是給晚餐」，也就是晚餐吃什麼的意思。

衍生用法

► What's for breakfast?

早餐吃什麼？

衍生用法

► What's for lunch?

午餐吃什麼？

What's going on?

發生什麼事？

深入分析

關心發生何事的用法。

What's new?

最近怎麼樣？

深入分析

字面意思是「什麼是新的」，也就是關心對方有發生什麼新鮮事的意思。

What's the hurry?

你在趕什麼？

深入分析

字面意思是「什麼是急忙」，也就是詢問對方急著去哪裡或做什麼事的意思。

82

What's the matter with you?

你怎麼了？

深入分析

發覺對方有異樣，並關心對方的意思。

類似用法

▶ What's wrong?
有什麼問題嗎？

What's the next station?

下一站是哪裡？

深入分析

通常是搭公車、捷運或火車等有站別之分時的詢問語句。

What's the problem?

有什麼問題嗎？

深入分析

發覺異樣，繼而提出關心的意思。

What's the temperature today?

今天的溫度是多少？

深入分析

詢問氣候溫度的用語。

What's the time?

幾點鐘了？

深入分析

字面意思是「什麼是時間」，也就是問鐘點的用語。

What's the weather forecast for tomorrow?

氣象預報說明天天氣如何？

深入分析

weather forecast是氣象預報的意思。

83

What's up?

有什麼事嗎？

深入分析

字面意思是「什麼是向上面」，其實是回應有什麼事，例如當對方問你Are you busy?（你在忙嗎？），就可以回應What's up?

What's wrong with your leg?

你的腿怎麼了？

深入分析

with後面接你發覺有問題的部分。

What's your favorite sport?

你最喜歡什麼運動？

深入分析

favorite表示「最喜歡的」，是詢問對方最喜歡的某事物。

衍生用法

▶What's your favorite TV program?
你喜歡哪個電視節目？

What's your problem?

你腦袋有問題啊！

深入分析

表示對對話方的言行感到不解，帶有責怪對方的意味。

When did it happen?

什麼時候發生的？

深入分析

表示詢問過去所發生的某一事件是何時發生的。

When is this due?

什麼時候到期？

深入分析

due表示預計到期的時間。

When should I call back?

我什麼時候再打電話來好呢？

深入分析

call back是電話用語，表示回電的意思。

83

Where am I on the map?

我在地圖上的哪裡？

深入分析

表示迷路，希望對方告知自己身在何方的意思。

Where are you going?

你要去哪裡？

深入分析

詢問正在趕路者的目的地。

類似用法

▶ Where are you headed?
你要去哪兒？

類似用法

▶ Where are you off to?
你要去哪裡？

Where can I buy a ticket?

我要去哪裡買車票？

深入分析

表示要購買某種票券，並詢問購買地點的意思。

Where can I take a taxi?

我可以在哪裡招到計程車？

深入分析

take a taxi不是得到計程車，而是招呼計程車乘坐的意思。

Where is the entrance to the museum?

博物館的入口在哪裡？

深入分析

the entrance to＋地點，表示某地點的入口的意思。

Where is the nearest gas station?

最近的加油站在哪裡？

深入分析

gas station是加油站的意思。

84

Where should I change trains for Seattle?

去西雅圖要去哪裡換車？

深入分析

change trains 表示轉乘火車的意思。

類似用法

▶ Where should I transfer to go to Seattle?
我要到哪裡轉車到西雅圖？

Where should I get off to go to Seattle?

到西雅圖要在哪裡下車？

深入分析

get off 表示下車的意思。

Which one would you like, coffee or tea?

你要哪一種？咖啡還是茶？

深入分析

which one 是詢問何種選擇的意思。

Which side of the street is it on?

在街道的哪一邊？

深入分析

which side是詢問哪一邊的意思。

Which stop is nearest to the museum?

哪一站最靠近博物館？

深入分析

which stop是詢問哪一站別的意思。

Which train goes to Seattle?

哪一班車到西雅圖？

深入分析

which train是詢問哪一班列車的意思。

84

Who cares!

誰在乎啊！

深入分析

字面意思是「誰在乎？」表示自己或沒有人會在意的意思。

Who is speaking, please?

請問你是哪一位？

深入分析

電話用語，詢問來電者身份的意思。

Who is it?

是誰啊？

深入分析

是對門外按電鈴的人詢問身份的語句。

Who's your favorite singer?

你最喜歡的歌手是誰？

深入分析

詢問最喜歡的人物是哪一位。

Why are you being such a jerk!

你真是混蛋！

深入分析

雖是疑問對方為什麼是混蛋，其實就是咒罵對方很糟糕，是個差勁的人。

Why are you so bothered?

你為什麼會這麼困擾？

深入分析

表示關心對方為何事而感到如此困惑。

Why are you so late?

你為什麼這麼晚？

深入分析

質疑對方為何遲到的意思。

85

Why don't we take a different route?

我們為什麼不換個路線？

深入分析

take a different route表示換個路線行進的意思。

Why don't you try again?

你為什麼不再試一次？

深入分析

建議對方可以再試一次的意思。

Why not.

好啊！

深入分析

字面意思是為什麼不，也就是在對方提出建議時，回覆同意、接受的意思。

Why?

為什麼？

深入分析

詢問原因的意思。

Will it be all right to visit you tonight?

今晚我可以去拜訪你嗎？

深入分析

will it be all right to＋動詞，表示是否可以做某事的意思。

Will it take long?

要花很久時間嗎？

深入分析

表示詢問是否會很花時間（take long）的意思。

Will you excuse us?

可以讓我們失陪一下嗎？

深入分析

表示你和某人或某些人要暫時離席，希望其他在場者見諒的意思。

Will you forgive me?

你能原諒我嗎？

深入分析

請求對方的諒解的意思。

85

Wonderful!

太棒了！

深入分析

高興、稱讚的意思。

Would Tuesday morning suit you?

星期二早晨對你來說可以嗎？

深入分析

suit是適合的意思，表示詢問某個時間點對方是否可以接受之意。

Would you ask him to call David at 8647-3663?

你能請他打電話到8647-3663給大衛嗎？

深入分析

call someone at＋號碼，表示打某個電話給某人的意思。

Would you like a cup of tea?

你想來杯茶嗎？

深入分析

字面意思是「喜歡一杯茶」嗎，就是詢問是否想喝茶的意思。would you like...表示是否想要…的意思。

衍生用法

► Would you like to join us?
你想加入我們嗎？

► Would you like to see the new film?
你想去看這部新片子嗎？

Would you like something to drink?

你想喝點什麼嗎？

深入分析

something to drink表示喝點什麼的意思。

86

Would you mind calling back later?

你介不介意待會再打電話來？

深入分析

Would you mind＋動名詞，表示詢問對方是否介意做某事的意思。

衍生用法

▶ Would you mind closing the window?
你介意把窗戶關上嗎？

衍生用法

▶ Would you mind letting me pass?
你介意讓我通過嗎？

衍生用法

▶ Would you mind passing me the salt?
能把鹽遞給我嗎？

Would you mind not smoking in here, please?

可以請你不要在這裡抽菸嗎？

深入分析

Would you mind的否定用法是在mind後面加上not，表示請對方不要做某事，是客氣用法。

Would you pass me the salt?

能遞鹽給我嗎？

深入分析

pass someone something 表示將某物遞給某人的意思。

Would you please wait a moment?

能請你等一下嗎？

深入分析

would you please＋動詞，委婉用語，表示請對方做某事的意思。

Would you please help me with my luggage?

請你幫我拿一下我的行李好嗎？

深入分析

help someone with something 表示幫某人做某事，這一句是請對方代為拿行李的意思。

86

• Would you please move over a little?

請你向一邊靠好嗎？

深入分析

move over表示往旁邊移動，好讓自己多一些空間的意思。

• Wouldn't that be too much bother?

那不是太麻煩你了嗎？

深入分析

字面意思「不會太麻煩嗎」，也就是對對方提供的協助感到不好意思、麻煩了的意思。

• Write me sometime.

有空就寫信給我。

深入分析

字面意思是「寫給我一些時間」，其實是要對方未來（sometime）有空就寫信聯絡的意思。

Yeah! I think so, too.

是啊，我也是這麼認為。

深入分析

表示認同對方提出的想法或建議等。

Yeah, sort of...

是啊，是有一點…

深入分析

表示或多或少、的確是的意思，帶有一些認同的意味。

Yes, you're in luck.

是啊，你真幸運！

深入分析

認同對方是幸運兒的意思。

You asked for it.

你是自找的。

深入分析

表示對方目前所處的情境都是自己造成的，通常是遇到不好的結果時的用語，表示對方咎由自取。

87

You bet.

那是當然！

深入分析

相當認同、肯定對方言論的意思，通常是對方長篇大論後，你的認同或諷刺回應。

You can bring your wife.

你可以帶太太一起來。

深入分析

bring someone表示帶某人同行的意思，通常是共同出席之意。

You can get there on foot.

你可以走路過去。

深入分析

get there不是得到那裡的意思，而是指到達某個地點的意思。on foot是步行。

You can say that again.

你說對了！

深入分析

表示可以再說一遍，也就是對方答對了、說得沒錯，也有認同對方言論的意思。

類似用法

► You could say that.

我同意你的看法。

You can take it from me.

你可以相信我的話。

深入分析

表示說服對方相信你所說的論點的意思。

You can't be serious!

你不是當真的吧？

深入分析

字面意思「你不能嚴肅」，也就是不敢相信對方是認真的意思。

87

You can't blame her.

你不能怪她！

深入分析

表示錯不在某人的意思。

衍生用法

▶ Don't blame me.

不要責怪我！

You can't just stay on the computer forever.

你不能一直在電腦面前。

深入分析

表示不能一直上網當個宅男女的意思。

You could be right.

你可能是對的。

深入分析

表示猜測對方的言論是正確的，但又不是非常確認。

You did this.

都是你害的！

深入分析

表示對方做了某事造成不好的結果，而怪罪對方的意思。

You don't look very well.

你的狀況看起來不太好。

深入分析

表示對方可能是身體或精神狀況不好或很差的意思。

You don't look your age.

你看起來比實際年齡還年輕。

深入分析

表示對方看不出年紀是多少，通常適用在誇讚對方年紀看起來比實際上年輕的情境。

You don't say?

真的嗎？

深入分析

懷疑的語氣說對方不說，表示不敢相信是真的的意思，通常是使用誇張、不相信的語氣。

88

You first.

你先請！

深入分析

適用在請對方先行通過、進入的意思，若對方也禮讓的話，就會回應after you，表示你才要先請的意思。

You flatter me.

你在恭維我！

深入分析

受到對方讚揚時的謙虛回應。

You have my word.

我向你保證！

深入分析

字面意思「你有我的話」，表示希望對方能夠信服、相信你所說的話的意思。

You have to stop drinking.

你得戒酒。

深入分析

stop＋動名詞，表示停止做某事的意思。

衍生用法

► You have to stop smoking.

你得戒菸。

You know him better than I do, don't you?

你比我瞭解他不是嗎？

深入分析

表示對方應該比自己更瞭解某人的意思。

You know what I'm saying?

你明白我說什麼嗎？

深入分析

表示詢問對方是否知道你所表達的原意。

You know nothing about it.

你對此一無所知。

深入分析

know nothing 字面意思是「知道無物」，表示對某事完全不清楚的意思。

88

You look beautiful.

你看起來很漂亮！

深入分析

look beautiful除了是外貌漂亮之外，也可以是順眼、神清氣爽的意思。

You look great.

你看起來氣色不錯！

深入分析

look great表示整個人看起來狀況不錯，可以形容男性或女性。

You look listless.

你看起來無精打采的！

深入分析

listless表示沒有精神的意思。

You look pale.

你看起來臉色蒼白！

深入分析

pale表示臉色蒼白的意思。

You look run down!

你看起來很累的樣子！

深入分析

run down是疲累的意思。

You look smart.

你看起來很有精神！

深入分析

smart可以是聰明、有精神的意思。

You look so worried.

你看起來很憂心！

深入分析

表示憂容滿面的意思。

You look terrible.

你臉色看起來糟透了！

深入分析

terrible可以是精神、態度、外表很差、很糟糕的意思。

89

You look tired.

你看起來很累的樣子！

深入分析

表示看起來很疲累的意思。

類似用法

► You look a bit tired.

看樣子你有點累了！

You look very happy.

你看起來很快樂！

深入分析

表示笑容滿面、快樂的意思。

You look worn-out.

你看起來很累的樣子！

深入分析

worn-out是指非常疲累的意思。

You make me so mad.

你氣死我了啦！

深入分析

make someone＋形容詞，表示令人感到…的意思。

You make me sick!

你真讓我噁心！

深入分析

make someone sick字面意思是令某人生病，其實是指令人心理上感到噁心、不舒服的意思。

You messed it up.

你弄得亂七八糟！

深入分析

mess up表示狀況很糟糕的意思。

You must be kidding.

你一定是在開玩笑！

深入分析

表示對方應該不是認真的意思。

89

You need a break.

你需要休息！

深入分析

break是打斷，也是休息片刻的意思。

You never know.

很難說！

深入分析

表示事情永遠令人難以猜測的意思。

You piss me off.

你氣死我了！

深入分析

piss off表示非常生氣的意思。

You scared me!

你嚇到我了！

深入分析

scare someone表示使某人受到驚嚇的意思。

You screwed it up.

你搞砸了！

深入分析

screw up表示搞砸、破壞的意思。

You should get some rest.

你應該要多休息！

深入分析

get some rest字面意思是「得到一些休息」，也就是多多休息的意思。

You should keep your appointment.

你應該遵守諾言。

深入分析

keep someone's appointment表示信守承諾的意思。

90

You should lose some weight.

你應該要減肥！

深入分析

lose weight表示減少體重，也就是減肥的意思。

You should stay in bed for a couple of days.

你應該臥床幾天！

深入分析

stay in bed是指臥床休息；for a couple of days表示持續幾天的意思。

類似用法

▶You had better stay in bed for a few days.
你最好在床上多休息幾天。

You sound serious.

你的口氣聽起來很嚴肅耶！

深入分析

表示對方的說話態度或口氣很嚴肅、正經的意思。

You tell me.

我不知道，你來告訴我！

深入分析

表示自己也不知道，如果對話方知道的話，可以說出來的意思。

You wanna fight?

你想要吵架嗎？

深入分析

wanna是want to的口語化說法。

You won't forget it.

你會忘不了！

深入分析

表示令人難忘的意思。

You won't miss it.

你不會找不著的！

深入分析

表示不會錯失的意思。

90

You'd better give up the foolish idea.

你最好放棄這愚蠢的想法。

深入分析

had better＋動詞，表示你最好做某事的意思。

You'd better have a rest.

你最好休息一下！

深入分析

have a rest表示「擁有休息」，也就是休息片刻的意思。

You'd better take a bus.

你最好要搭公車！

深入分析

take a bus是指「搭公車」的意思。

You'll be sorry.

你會後悔的！

深入分析

告誡對方不要後悔的意思。

You'll probably like it.

你會可能喜歡的！

深入分析

猜測對方的喜愛程度，應該是喜歡的。

You're a jerk!

你是個混蛋！

深入分析

jerk是混蛋，是常見的咒罵的用語。

You're getting on my nerves.

你把我惹毛了！

深入分析

on someone's nerves字面意思「在某人的神經上」，表示把某人惹毛了的意思。

91

You're God damn right.

你真他媽對了！

深入分析

God damn right 強調自己的確猜對的意思。

You're here.

你在這裡喔！

深入分析

你看見某人出現或被找到時的驚呼語。

You're just being a little jealous.

你有一點吃醋了！

深入分析

表示吃醋的用語。

You're kidding me!

你開玩笑的吧？

深入分析

表示對方是不是開自己玩笑的意思。

You're looking fine.

你看起來很好！

深入分析

表示對方氣色看起來很好的意思。

You're missing my point.

你沒弄懂我的意思！

深入分析

miss someone's point 表示誤會某人的意思。

You're not listening to me.

你沒聽我說話。

深入分析

表示對方不專心或不聽從的意思。

You're really thoughtful.

你想得真是太周到了！

深入分析

thoughtful 是指心思細密的意思。

91

You're right.

你是對的！

深入分析

表示對方言論是正確的。

類似用法

▶ You're exactly right!
你說得太對了！

You're so difficult to get through to!

你很難聯絡得上耶！

深入分析

get through to表示聯絡得上的意思。

You're so mean.

你真是太壞了！

深入分析

表示對方心眼壞的意思。

You're such a sweetie.

你真是個小甜心。

深入分析

表示對方心思細密、是個甜心的意思。

You're telling me.

還用得著你說！

深入分析

字面意思「你正在告訴我」，表示不用你多說，我都知道的意思。

You're the boss.

你是老闆，說了就算！

深入分析

表示因為對方的身份較高，所以決定權都在對方手上。

You're wasting my time.

你在浪費我的時間。

深入分析

表示抗議對話方對自己造成的時間浪費。

92

You're welcome.

不客氣！

深入分析

回應對方話道謝後的客套語。

You've been sitting there for hours.

你坐在這裡好幾個小時了！

深入分析

for hours 表示持續好幾個鐘頭的時間。

You've been very helpful.

你真的幫了大忙！

深入分析

表示對方提供了非常受惠的幫助。

You've done a good job.

做得不錯！

深入分析

讚美對方的表現！

You've gone too far!

你太過分了！

深入分析

針對對話方的行為舉止提出抗議，表示超過你可容忍的程度。

You've got to hurry.

你要快一點！

深入分析

催促對話方行動加速的常用語。

You've got to take a chance!

你要試一試！

深入分析

take a chance表示給自己一個嘗試的機會。

You've got to walk around.

你要起來走一走！

深入分析

walk around是走動散步的意思。

92

You've lost some weight.

你變瘦了！

深入分析

表示對話方明顯變瘦的寒暄語。

You haven't changed at all.

你一點都沒變。

深入分析

表示經過很長一段時間，對方還是老樣子的意思。

Your blood pressure is down.

你的血壓很低。

深入分析

blood pressure是血壓的意思。

衍生用法

▶ I take medicine for my high blood pressure.
我吃高血壓的藥！

連日本小學生都會的基礎單字

這些單字連日本小學生都會念

精選日本國小課本單字

附上實用例句

讓您一次掌握閱讀及會話基礎

我的菜日文【快速學會 50 音】

超強中文發音輔助 快速記憶 50 音

最豐富的單字庫 最實用的例句集

日文 50 音立即上手

日本人最想跟你聊的 30 種話題

精選日本人聊天時最常提到的各種話題

了解日本人最想知道什麼

精選情境會話及實用短句

擴充單字及會話語庫

讓您面對各種話題，都能侃侃而談

這句日語你用對了嗎

擺脫中文思考的日文學習方式

列舉台灣人學日文最常混淆的各種用法

讓你用「對」的日文順利溝通

日本人都習慣這麼說

學了好久的日語，卻不知道…

梳頭髮該用哪個動詞？

延長線應該怎麼說？黏呼呼是哪個單字？

當耳邊風該怎麼講？

快翻開這本書，原來日本人都習慣這麼說！

這就是你要的日語文法書

同時掌握動詞變化與句型應用

最淺顯易懂的日語學習捷徑

一本書奠定日語基礎

日文單字萬用手冊

最實用的單字手冊

生活單字迅速查詢

輕鬆充實日文字彙

超實用的商業日文 E-mail

10 分中搞定商業 E-mail

中日對照 E-mail 範本 讓你立即就可應用

超簡單🌷旅遊日語（50開）

Easy Go! Japan

輕鬆學日語,快樂遊日本

情境對話與羅馬分段標音讓你更容易上手

到日本玩隨手一本,輕鬆開口說好日語

訂票/訂房/訂餐廳一網打盡,點餐/購物/觀光一書搞定

最簡單實用的日語 50 音（50開）

快速擊破五十音

讓你不止會說五十音

單子、句子更能輕鬆一把罩！短時間迅速提升日文功力的絕妙工具書。

日文單字急救包【生活篇】（50開）

日文單字迅速查詢

輕鬆充實日文字彙

用最簡便明瞭的查詢介面，最便利的攜帶方式，

輕鬆找出需要的單字，隨時增加日文單字庫

別再笑，「他媽的」英文怎麼說

英文學習一把罩！

一次全收錄你想像不到的口語用法！

英文會有多難？

只要掌握必學的口語英文，

人人都可以輕鬆開口說英文！

Good morning 很生活的英語

想要學好英文，就得從「英文生活化」開始！

每天來一句 good morning，

英文開口說真輕鬆！

菜英文(生活應用篇)

利用中文引導英語發音，

你我都可以用英語與“阿兜仔”溝通！

日語關鍵字一把抓（50 開）

日常禮儀

こんにちは

ko.n.ni.chi.wa

你好

相當於中文中的「你好」。在和較不熟的朋友，

還有鄰居打招呼時使用，是除了早安和晚安之外，較常用的打招呼用語。

1000 基礎實用單字（25 開）

想學好英文？就從「單字」下手！

超實用單字全集，簡單、好記、最實用，

讓你打好學習英文的基礎！

無敵英語 1500 句生活會話／張瑜凌編著. -- 初版.
- -新北市 ： 雅典文化, 民 101.03
面； 公分. -- （行動學習：9）
ISBN⊙978-986-6282-56-0（平裝）
1.英語 2. 會話
805.188 101000268

行動學習：9

無敵英語 1500 句生活會話

編　　著｜張瑜凌
出 版 者｜雅典文化事業有限公司
登 記 證｜局版北市業字第五七〇號
執行編輯｜張瑜凌
編 輯 部｜22103 新北市汐止區大同路三段 194 號 9 樓之 1
TEL ／(02)86473663
FAX ／(02)86473660
法律顧問｜中天國際法律事務所 涂成樞律師、周金成律師
總 經 銷｜永續圖書有限公司
22103 新北市汐止區大同路三段 194 號 9 樓之 1
E-mail: yungjiuh@ms45.hinet.net
網站：www.foreverbooks.com.tw
郵撥：18669219
TEL ／(02)86473663
FAX ／(02)86473660
CVS 代理｜美璟文化有限公司
TEL ／(02)2723-9968
FAX ／(02)2723-9668
出 版 日｜2012 年 03 月

雅典文化 讀者回函卡

謝謝您購買這本書。
為加強對讀者的服務，請您詳細填寫本卡，寄回雅典文化；並請務必留下您的E-mail帳號，我們會主動將最近"好康"的促銷活動告 訴您，保證值回票價。

書　　名：無敵英語1500句生活會話
購買書店：＿＿＿＿市／縣＿＿＿＿＿＿＿書店
姓　　名：＿＿＿＿＿＿　生　　日：＿＿年＿＿月＿＿日
身分證字號：＿＿＿＿＿＿＿＿＿＿＿＿
電　　話：(私)＿＿＿＿＿(公)＿＿＿＿＿(手機)＿＿＿＿＿
地　　址：□□□＿＿＿＿＿＿＿＿＿＿＿＿
E - mail：＿＿＿＿＿＿＿＿＿＿＿＿＿＿
年　　齡：□20歲以下　□21歲~30歲　□31歲~40歲
□41歲~50歲　□51歲以上
性　　別：□男　□女　婚姻：□單身　□已婚
職　　業：□學生　□大眾傳播　□自由業　□資訊業
□金融業　□銷售業　□服務業　□教職
□軍警　□製造業　□公職　□其他
教育程度：□高中以下（含高中）□大專　□研究所以上
職 位 別：□負責人　□高階主管　□中級主管
□一般職員□專業人員
職 務 別：□管理　□行銷　□創意　□人事、行政
□財務、法務　□生產　□工程　□其他＿＿＿

您從何得知本書消息？
□逛書店　□報紙廣告　□親友介紹
□出版書訊　□廣告信函　□廣播節目
□電視節目　□銷售人員推薦
□其他＿＿＿＿＿＿＿＿＿＿

您通常以何種方式購書？
□逛書店　□劃撥郵購　□電話訂購　□傳真訂購　□信用卡
□團體訂購　□網路書店　□其他＿＿＿＿＿＿

看完本書後，您喜歡本書的理由？
□內容符合期待　□文筆流暢　□具實用性　□插圖生動
□版面、字體安排適當　□內容充實
□其他＿＿＿＿＿＿＿＿＿＿

看完本書後，您不喜歡本書的理由？
□內容不符合期待　□文筆欠佳　□內容平平
□版面、圖片、字體不適合閱讀　□觀念保守
□其他＿＿＿＿＿＿＿＿＿＿

您的建議：
＿＿＿＿＿＿＿＿＿＿＿＿＿＿＿＿
＿＿＿＿＿＿＿＿＿＿＿＿＿＿＿＿

廣告回信
基隆郵局登記證
基隆廣字第 056 號

221-03

新北市汐止區大同路三段 194 號 9 樓之 1

雅典文化事業有限公司

編輯部　收

請沿此虛線對折免貼郵票，以膠帶黏貼後寄回，謝謝！

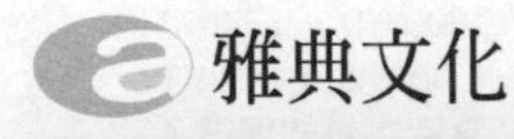